庫

32-560-4

エウパリノス
魂と舞踏
樹についての対話

ポール・ヴァレリー作
清水 徹訳

岩波書店

Paul Valéry

EUPALINOS OU L'ARCHITECTE
L'ÂME ET LA DANSE
DIALOGUE DE L'ARBRE

目次

刊行者覚書

この三篇の対話は《応急の著作》である。

文学裏話として、ここで申しあげておきたいのだが、『エウパリノス』[1]は、いまから二十年ほどまえ、シュー、マール両氏の刊行した『建築』と題する大判の図録のための序文として書かれた。本文は求めに応じて、一定の紙幅を、紙の大きさ、選ばれた活字、ページ面の縁取りや装飾から定まってくる数の文字と符号(約十二万語)を正確に満たすものでなければならなかった。対話体を使うおかげで融通がきいて、たいして意味のない問答を組み入れるなど、ちょうど砲手が目標の周辺に何発か打ち込むようなかたちで、この予定計画を実現させることができた。「たしかに」とか「なるほど」とかの差し障りのない言葉で、あってもなくてもよい一行がつくれるわけである。「エウパリノス」という名は、何か適当な名前はないかと、著者が『大百科事典』の「建築」の項目を開いて見つけたものだが、この事典は名前を挙げただけで、この人物については何も語っていなかった。

しかし、わが畏友、ヘント市在住の博学なるギリシア学者ビデーズ氏が、この人物について知りうることをわたしに教え、かつ公表した。本物のエウパリノスは建築家というよりもはるかに技師であったらしい。わたしは彼を代弁者というきわめてささやかな役割へと格下げしたことを彼の〈霊〉に陳謝する。

エウパリノス　あるいは建築家

カリンのために(2)

パイドロス(3)　こんなところで何をしているんです、ソクラテス？　ずっと前から探していたんですよ。わたしたちの住むこの薄明の地すべてを駆けめぐり、いたるところであなたのことを訊ねました。ここではだれでもあなたのことを知っているのに、長いことあなたを見かけていないと言う。なぜ他の亡霊たちから遠ざかったのです、どんな考えがあって、あなたの魂は、わたしたちの魂から遠く離れた、この透明な国の辺境へと引き寄せられたのです？

ソクラテス　待ってくれ。答えられない。きみも知っているように、死者の国では思考は分割できない。いまではわたしたちはあまりに単純化されていて、何かある思考が動きはじめると、その動きが終点に達するまで、じっと堪え忍んでいるしかないのだ。生者には肉体があり、そのおかげで認識を中断して出ていったり、また戻ってきたりできる。生者は一軒の家と一匹の蜜蜂とからできているわけだ。

パイドロス　すばらしいソクラテス、わたしは口をつぐみます。

ソクラテス　黙ってくれてありがたい。沈黙を守ることで、きみは神々とわたしの思考に、この上なく苦しい犠牲を捧げたのだ。きみの好奇心を焼きつくし、きみの焦燥感をわたしの魂のために犠牲にしてくれた。さあ、もう自由に話したまえ、もし何かまだわたしに訊ねたい気持が残っていたら、いつでも答えよう、自分に質問し、自分自身に答えることはもう済んだのだから。——もっとも、質問というものはこらえていると、たちまち自分自身を喰《く》い滅ぼしてしまうもの、例外は稀だがね。

パイドロス　いったい何のためにこんなふうに隠遁しているのです？　わたしたちみんなから離れて、何をしておられる？　アルキビアデスもゼノンも、メネクセノスもリュシス(4)も、わたしたち仲間はみんな、あなたを見かけないことに驚いています。みんな、あてもなく語りあい、みんな亡霊のままただざわめいている。

ソクラテス　よく見て、耳を澄ましてごらん。

パイドロス　何も聞こえません。これといってたいしたものも見えませんが。

ソクラテス　たぶんきみがまだ充分に死にきっていないためだろう。ここはわたしたちの国の果て。きみの前には河が流れている。

パイドロス　ああ！　なつかしいイリソス河(5)！

ソクラテス　これは〈時〉の河だ。魂をこの岸辺に打ち上げてゆくだけで、残りはことごとく、この河は苦もなく運び去ってしまう。

パイドロス　何か見えはじめてきました。でも何ひとつはっきりとは見分けられない。まっすぐ流れてゆくもの、漂い流れてゆくものを、わたしの眼差が一瞬追いかけてみるものの、何かと見きわめもつかぬまま見失ってしまう……　もしわたしが死んでいるのでなかったら、この流れの動き方はわたしに吐き気を催させるでしょう、それほどこの動き方は陰惨だし、抗しがたい。それともまた、わたしは人間の肉体の流儀に従って、この動きを模倣せざるをえないのかもしれない、つまりついには眠りこんで、わたし自身も流れすぎてゆくのかもしれない。

ソクラテス　しかしながら、この広大な流れは、きみがかつて知ったもの、あるいは知りえたかもしれぬものの総計なのだ。一瞬もやむことなく迅速に流れてゆくこの広漠として波うつ水面は、ありとあらゆる色彩を無へと向かって押し流してしまう。見たまえ、全体として何と暗澹としていることか。

パイドロス　毎分毎秒わたしは何かが見分けられそうになるのですが、何かが見えたと思っても、わたしの心のなかでは、それとどんなわずかに似通った姿も、いささかも呼び覚まされはしません。

ソクラテス　それはきみが、死のなかにたたずんだまま、ほかでもない万物の真の流転を眼《ま》のあたりにしているからだ。わたしたちは、このいかにも純粋な岸辺から、ひとの世のあらゆるもの、自然のうちに産みだされた一切の形態が、それらの本質にそなわった真の速度に従って動かされてゆくのを眺めている。わたしたちはいわば夢を見ているようなもので、わたしたちの胸のなかでは、形象と思考とが流れのままに奇怪に歪み、あらゆるものがそれ自体の変化と組み合わせられている。ここでは一切が無視されてよく、しかもまた一切が重要だ。犯罪が数知れぬ恩恵を産み、最良の美徳もいまわしい結果を繰りひろげる。判断はどこにも固定されることなく、観念は視線を向けられるや感覚となり、ひとはだれも、自分の行為と、自分の身体がつぎつぎと示してきた形態とが解きがたくもつれあってできた怪物たちの一連の行列を、みずからのうしろに引きずっているのだから。わたしは、滔々《とうとう》たる流れのなかに、死すべき人間たちの現存と習慣とを想い、自分もまたそういう死すべき人間のひとりだったこと、あらゆるものをまさしくいまわたしが見ているように見ようと努めていたことを想っている。わたしは、自分たちがいまいるような永遠の境遇のなかにこそ〈英知〉はあると考えてきた。ところが、ここからは一切は見まちがえるばかりだ。真理はわたしたちの前にあるのに、わたしたちにはもはや何も理解できない。

パイドロス　それにしても、おお、ソクラテスよ、生者にあってときおり見られるあの永遠への志向は、いったいどこから生まれるのでしょう？　あなたは認識を追究しておられた。この上ない愚劣なやからさえ、死者の遺骸までを必死になって保存しようとあくせくしています。他にも、神殿や墓を築き、これを不滅のものたらしめようと努力している者たちもいる。もっとも賢明で、もっとも霊感に恵まれた者たちでさえ、自分の思想に、それを変質や忘却から守る諧調と抑揚とをあたえようと望むのです。

ソクラテス　愚かしいことだ！　おお、パイドロスよ、きみにはそれが明瞭にわかっている。運命の神々は法を定めて、人間という種族に欠かせぬもののなかには、何か無分別な欲求がかならず姿を現す、となさっている。愛欲がなければ人間は存在しないだろう。不条理な野望がなければ科学も存在しないだろう。あのかずかずのきわめて名高い都市や、かずかずの無用な記念建造物は、理性の働きではとてもそれらを構想することなどできはしなかったであろうと、理性は讃歎とともに眺めているが、それらを打ち建てたあの途方もない努力の最初の着想と、その努力に傾けられたエネルギーを、いったいわたしたちはどこから引き出してきたと、きみは思うかね？

パイドロス　しかし、理性もそこにはいくらか、かかわっています。理性がなければ何もかも崩れ落ちていることでしょう。

ソクラテス　何もかもね。

パイドロス　わたしたちがピレウス(6)で建設中のところを見たあの建物のことを覚えていますか？

ソクラテス　覚えているとも。

パイドロス　さまざまな器具類、あの努力、それを楽の音で和らげていたあの横笛のことを？　じつに正確だった作業、じつに神秘的で同時にまたじつに明快だったあの進捗ぶりのことを？　はじめは何とも言いようもない混沌だったのに、それが秩序のなかへと溶けこんでゆくように思えました。鉛直線を示す糸と糸とのあいだから、そしてまた、ぴんと張った細い紐のところまで煉瓦の土台をしだいに積みあげてゆく、その紐に沿って、何という堅牢さ、何という厳密さが生まれてきたことか！

ソクラテス　あの美しい思い出はいまでも忘れられない。おお、建材の山！　美しい石材！……　それにしても、何ともわたしたちは軽くなりすぎた！

パイドロス　それから城壁外の、ボレアスの祭壇(7)のそばにあったあの神殿のことを覚えていますか？
ソクラテス　狩りの女神アルテミスの神殿(8)だろう？
パイドロス　まさにそこです。ある日、わたしたちはあのあたりに行きました。そして〈美〉について論じました……
ソクラテス　なつかしい思い出だ！
パイドロス　あの神殿を建設した男と、わたしは友情で結ばれていました。メガラ(9)出身の男で、エウパリノスという名前でした。彼は自分の芸術のこと、その芸術のために必要ないろいろな配慮や知識などすべてについて、こころよくわたしに話してくれました。建築の現場に一緒に立って、わたしの眼についたことを何でもわたしに理解させてくれました。とりわけわたしには彼の驚くべき精神がよくわかりました。彼にはオルペウス(10)さながらの力があるとわかったのです。わたしたちふたりの周囲に何げなく積まれている石材や梁《はり》の山に、彼は記念建造物となる未来を予言したものです。そういう彼の声を聞くと、それらの材料は、女神アルテミスに好意を寄せる運命の神々が指定したように思える無比の場へと捧げられているかのようでした。人夫たちに指図する彼の言葉の、何とすばらしかったことか！　その言葉には、夜のあいだに苦労をつづけた彼の思索は、すこしも跡をとどめていなかった。ただ人夫たちに命令をあたえ、数量の指定をするだけだったのです。

ソクラテス　それこそ〈神〉のやり方そのものだ。

パイドロス　彼の言葉と人夫たちの行動はみごとに一致していて、まるでこの連中は彼の手足のようでした。ソクラテス、あなたにはとても信じられないでしょう、これほど整然としたものを見ることが、わたしの魂にとって、どれほど愉しいことであったか。わたしにはもはや、神殿の観念と神殿建立の観念とを分けへだてることができません。ひとつの神殿を見ると、戦いに勝つよりもさらに栄光に輝き、みじめったらしい自然に対してはいっそう反逆的な、ひとつの讃歎すべき行動が眼に浮かんでくるのです。破壊と建設は相等しい重要性をもつもので、どちらにも魂の力が必要です。しかし、建設のほうがわたしには好ましい。おお、本当に幸せなエウパリノス！

ソクラテス　亡霊が幻に対して何と感動していることか！――わたしはそのエウパリノスという男を知らない。すると傑物なのだね？　いかにも彼がみずからの芸術の至上の認識に到達しているように思える。彼はここにいるのかな？

パイドロス　きっとわたしたちの仲間にまじっているはずですが、わたしはこの国ではまだ一度も出会ったことがありません。

ソクラテス　彼はこの国ではどんなものを建てられるだろう。ここでは計画そのものが思い出なのだからな。それにしても、わたしたちは会話の愉しみしかなくなってしまったのだから、その男の話も聞いてみたいものだ。

パイドロス　彼の掟をいくつか覚えています。さて、あなたの気に入るかどうか。わたしは魅了されました。

ソクラテス　何かひとつ話してもらえないか?

パイドロス　では、聞いてください。よくこんなことを言っていました。制作には細部はない、と。

ソクラテス　わかるような、わからぬような。何かがわかるが、それが彼の真意かどうか確信がもてない。

パイドロス　わたしのほうは、あなたの鋭敏な精神が真意を捉えなかったはずはないと確信しています。あなたのように明晰で完璧な魂のなかでは、実務家の箴言がまったく新しい力とひろがりを帯びてくるということは当然あるはずです。もしその箴言が真に明確なものであり、精神が脇道に逸れる暇などみずからにあたえず、自分の経験を要約する瞬時の働きによって仕事から直接引き出されたものであるならば、それは哲学者にとって貴重な素材です。金銀細工師よ、わたしはあなたに地金の塊をお渡ししているわけです！

ソクラテス　わたしは自分の足を縛る鎖の細工師だった！(11)――ともかくその掟をよく考えてみよう。この国の時間は永遠だから、口数を惜しむなとわたしたちに勧めてくれる。この無限の持続は、そもそも存在しないか、それとも正しい論議にせよ誤った論議にせよ、可能なかぎりすべての論議を含んでいるはずだ。だからわたしは間違いなどすこしも怖れずに話をすることができる。というのも、たとえ間違えてもすぐまた正しいことが言えるし、正しいことを言っても、すこしたてば誤りを言うだろうからな。

おお、パイドロス、きみはかならずや気がついたことがあるはずだ、政治に関することであれ、市民の個人的利害に関することであれ、もっとも重要な論議のなかで、あるいはぎりぎりに切迫した状況で愛するひとに言わねばならぬ微妙な言葉のなかで、――そう、きみはたしかに気がついたはずだ、そういう言葉にはさまれるごくささやかな言葉やこの上なくわずかな沈黙が、どれほどの重みをもち、どれほどの影響力を産み出すものかということを。相手を説得しようという飽くなき欲求とともに、あれほどしゃべりまくったこのわたしにしても、とどのつまりはこう納得したのだ、この上なく重大な論拠も、どれほど巧みに導かれた論証も、一見無意味なこうした細部の助けを借りなければ、ほとんど効果がないということを。また逆に、凡庸な理屈でも、機転のきいた言葉や王冠のように金色に塗られた言葉のなかにちょうどうまい具合に吊りさげてあれば、長いあいだ耳を愉しませてくれるということを。言葉というこの遣り手婆さんたちは、精神の戸口に待ちかまえて、好き勝手なことを精神に繰り返し、何度も好きなだけ話しかけ、あげくのはては精神に、自分自身の声を聞いているのだと信じこませてしまう。ある論議の実体とは結局のところ、こういう歌であり、声のもつこの色合いに他ならないのに、それをわたしたちは誤って細部だとか偶然の産物だとかと扱っている。

パイドロス　大変な回り道をしてますね、親愛なるソクラテス、でもわたしには、あなたが他にもたくさんの実例をたずさえ、あなたの弁証力のすべてを繰りひろげながら、じつに遠くのほうから戻ってくるのが眼に見えるような感じです！

ソクラテス　また、医学のことを考えてみたまえ。世界一巧みな手術医が、その器用な指先をきみの傷口にさしこむとき、この医者の手がどれほど巧妙で、いかに熟練をつみ、先の先まで読めていようと、さらにまた、器官や血管の配置、その相互関係や深さについて、この医者がどれほど自信があり、また、きみの生身の肉体のなかで、何かを切り取り、何かをつないでなしとげようともくろんでいる行為について、彼がどれほど確信を抱いていようと、たまたま彼の注意の行き届かなかった何らかの事情のため、彼の用いた一本の糸、一本の針など、手術上彼に必要なごく些細なものが、充分に清潔でなかったとか、完全に消毒されていなかったとしたら、きみは死んでしまう……

パイドロス　幸い、ことはそのとおり終わりました！　まさしくそれがわたしの場合だった。

ソクラテス　きみは死んでしまった、いいかね、技術と好機のあらゆる要請が満たされた場合、思考は自分の作品を愛情をこめて見守るものなのだから、きみはすべて規則どおりに治療を受けて治っていたはずなのに。――それでも、きみは死んでしまった。この上なくささやかな細部が、アスクレピオスとアテナイ(12)の仕事を挫折させてしまったのだ。一本の絹糸の準備が行き届かなかったために、学識が殺人犯になってしまった。

パイドロス　エウパリノスはそのあたりのことをよく知っていました。

ソクラテス　あらゆる領域で事情は同じだよ、ただし哲学者の領域だけは例外で、まことに不幸なことに哲学者は自分の想い描く世界が崩壊するのをけっして見ることはない。そもそもそういう世界が存在しないのだから。

パイドロス　エウパリノスは自分の掟を忠実に守るひとでした。何ひとつ、おろそかにしませんでした。彼は、木材の木目に沿ってたくさんの板切れを切り出すように命じていましたが、その板切れは石組みとそれに支えられる梁とのあいだに挟みこんで、湿気が梁の繊維のなかにのぼり、吸い込まれて梁の繊維を腐らせるのを防ぐためのものでした。これと同じような注意を、建物のあらゆる弱点に対して払いました。まるで自分自身の身体を気にかけるようでした。建築作業のあいだは、仕事場を離れることはほとんどない。現場にある石材は全部見知っていたと思います。石の切り出しが精密に行われるように注意を払っていました。稜角が傷んだり、継ぎ目の明確さがゆるんだりするのを避けるため、思いつくかぎりの手段を綿密に検討していました。鑿《のみ》を使って彫ったり、待歯《まちば》を残しておいたり、外装の大理石に斜めの縁《へり》をつけることを指図しました。石だけでつくった壁面に塗る塗料にもこの上なく繊細に心を配っていました。

しかし、建物の耐久性のために払うこうした細心さも、彼の作品に注目する未来のひとたちの感動や魂のおののきを彼が前もって練りあげてゆくときの細やかな心遣いにくらべれば、ものの数ではありませんでした。

彼は、人間たちの移動する空間のなかに、明確な形態とほとんど音楽的な特性をくっきりと際だたせて光線をひろげてゆく、比類のない装置を光線に対して用意したのです。さきほどあなたが考えた雄弁家や詩人たちと同じように、おお、ソクラテスよ、彼は、知覚できぬほどの抑揚のふしぎな力を知っていました。微妙にも軽やかに仕上げられ、しかも外見はきわめて単純な石材を前にして、感じとれぬほどの曲線と、微細ながら全能の力をそなえた屈折とによって一種の幸福感へと導かれてゆく——そしてまた規則性と不規則性との深い組合せを導入してから隠してしまい、それが圧倒的でしかも言葉では言いつくせないようにつくりあげられているために、一種の幸福感へと導かれてゆくということは、だれにも気がつかぬことでした。そういうおかげで、建物の周囲を歩く観客は、それらの眼には見えぬ現存に導かれるままに、前へと進み、あとじさりし、そしてまた近づくにつれ、作品から出る光のなかを、作品そのものによって動かされ、ただひたすら讃歎のとりことなってさまよい歩くにつれて、幻像から幻像へ、大いなる沈黙から快楽の囁きへと移ってゆくのでした。——このメガラの男は言うのでした、わたしの神殿は愛する対象が人びとを動かすように、人びとを動かさねばならない。

ソクラテス　すばらしい言葉だ。親愛なるパイドロス、それとそっくりな、しかしまたまったく正反対の言葉を、わたしは聞いたことがある。名前を言う必要もないわたしたちの友のひとりだが、わがアルキビアデスがいかにもみごとな身体をしているのを、こう言ったのだ、彼を見ていると、自分が建築家になったような気がする！…　何ともきみを気の毒に思うよ、親愛なるパイドロス！　きみはこの国ではわたしよりずっと不幸せだ。わたしは〈真〉のみを愛していた。それにわたしの生涯を捧げた。ところが、この天国の園に来てみると、自分はかなり損な取引をしたのではないかと疑いながらも、わたしはあいかわらず、まだ何か知らねばならぬことが残っていると想像できるのだ。かずかずの影のなかから、何か真理の影をよろこんで探し求めたい。だが、ひたすら〈美〉だけが欲求を形成し、行為を支配していたきみは、ここではまったく手足をもがれている。肉体は思い出だし、形象は煙だ。あらゆる地点で一様でじつに弱く、蒼ざめてうんざりするほどのここの光、ここの光に照らしだされるものはどれもこれも差異を示さない、というか、ここの光はものを浸しながら、正確な輪郭線をまったく浮かびあがらせない。わたしたちはこのなかば透明な群のようなあり方を、みずからの幻影でかたちづくっている、わたしたちに辛うじて残っているこの声にしてもまったく弱々しく、いわば羊毛の厚みか霧の無気力のなかで囁いているようなものだ……　さだめしきみは苦しんでいるにちがいない、親愛なるパイドロス！　だがまた、充分には苦しんでいない……　苦しむことは生きるということだから、それすらわたしたちには禁じられている。

パイドロス　わたしはたえず、いまにも苦しみだしそうだという感じがしています……　でも、お願いです、わたしの失ったものについては、もう口に出さないで。わたしの記憶はそっとしておいてください。わたしの記憶には、かつての太陽とかずかずの影像を残しておいてください！　おお、何という対比がわたしを捉えていることか！　たぶん思い出にとってはいわば二番目の死があって、それをわたしはまだ蒙っていない。そうではなく、わたしには繰り返し蘇るのです、繰り返してありありと眼に浮かぶのです、束の間の天空が！　もっとも美しいものは永遠のなかには姿を見せないのですよ！

ソクラテス　ではいったいどこにあるのかね？

パイドロス　いかなる美しいものも生とは切り離せない、そして生とはしだいに死んでゆくものなのです。

ソクラテス　そうも言えよう……　しかし大部分のひとが〈美〉について何かしら不滅の観念を抱いている。

パイドロス　ソクラテスよ、こう言いたいのです、かつてのパイドロスの意見によれば、美とは……

ソクラテス　プラトンはこのあたりにはいないのかな？(13)

パイドロス　彼の反対を言うのです。

ソクラテス　よろしい！　話したまえ！

パイドロス　……何かある珍しい物体にあるものではなく、またこの上なく高貴な魂たちが、自分たちの構想の手本、自分たちの仕事のひそかな雛形として観想している、あの自然の外にある原型のなかにあるものでさえありません。聖なるものなのです、詩人の言葉を借りて、こう語るのがふさわしいでしょう——

長きにわたる欲望の栄光、〈観念《イデア》たち〉よ！

ソクラテス　何という詩人かな？

パイドロス　まことに讃歎すべきステパノス、わたしたちより何世紀もあとに現れた詩人です。(14)しかしわたしの考えでは、わがすばらしいプラトンを産みの親とする〈イデア〉という考え方は、〈美〉の多様性、個々の人間の好みの変化、かつては絶讃された幾多の作品のその後の消滅、まったく新しい創造、予見不能な復活などを説明するには、かぎりなく単純にすぎ、いわばあまりにも純粋にすぎます。他にも、もっといろいろな反論が言える！

ソクラテス　で、きみ自身の考えはどうなのかね？

パイドロス　わたし自身の考えをどう捉えたらいいのか、もう自分でもよくわからないのです。どんな言葉でも包みきれないし、どう言ってもそれが想定される。それはわたしにあっては、いわばわたし自身なのです。それは誤ることなく働きかけるもの。それは判断し、それは欲望し……　だが、それを表現するとなると、何がわたしをわたしたらしめているかを語り、わたしがじつに正確に知っていながら、しかもほとんど知らないようなものを語るのが困難なように、表現がむずかしい。

ソクラテス　だが、わが親愛なるパイドロス、この冥界で、つまりわたしたちが昔のことを何ひとつ忘れず、他にも何かを学び、しかも人間的なもの一切の彼方に位置しているこの冥界でわたしたちの対話がつづけられることを神々が許しておられるからには、わたしたちはいまこそ、何が真に美しいか、何が醜いか、何が人間にふさわしいか、何が人間を惑乱させることなく感歎させるはずか、何が痴呆化させることなく人間を魅惑するはずか、それを知らねばならぬ……

パイドロス　それは苦もなく人間をしてその本性を乗り越えさせるものです。

ソクラテス　苦もなく、だって？　その本性を乗り越えさせる、だって？

パイドロス　はい。

ソクラテス　苦もなく？　どうしてそんなことがありえよう？　その本性を乗り越えさせる？　どういう意味なんだ？　自分の肩によじ登ろうと考えている人間、そういう姿をいやでも考えてしまう！……　そんな不条理なイメージにはとてもついてゆけないわたしは、パイドロスよ、きみに訊ねたい、どうすれば自分自身であることをやめて、それから自分の本質に戻れるのか？　そして、何か無理なしに、どうしてそんなことがありえよう？

　わたしにしてもよく知っている、愛の極地、酒の飲み過ぎ、あるいはまたデルポイの巫女《みこ》たちが吸うあの蒸気の驚くべき作用(15)が、よく言われるように、わたしたちを忘我の境へと誘うということを。わたしのきわめて確実な経験から、さらによく知っている、わたしたちの魂が、時間のただなかに、持続の入りこめぬ聖域、内的には永遠な、本性としては一時的な聖域をつくりうるということを。この聖域では、わたしたちの魂はついにみずから認識するところと一体化し、みずからのありのままを望み、自分がみずから愛するものによってつくられていると自覚し、そのみずから愛するものに対して、光には光を、沈黙には沈黙を返し、地上の物質からも〈持続〉からも何ひとつ借りることなく、わたしたちの魂同士、たがいにあたえ合い、たがいに受けとり合う。そのときわたしたちの魂は、嵐にかこまれながら海上を移動してゆく、きらめく無風圏のようなものだ。この深淵にいるあいだ、わたしたちとは何者だろう？ この深淵は生命を前提としている、生命を一時的に停止させるのだから……

しかし、こんな驚異も、観照も、恍惚も、わたしたちの眼には、美というわたしたちの奇怪な問題を照らしだしてはくれない。魂のこうした至高の状態を、それを惹き起こす肉体や何らかの物体の現存と結びつけるすべを、わたしは知らないのだ。

パイドロス　おお、ソクラテス、それはあなたがどんなものでもいつもあなた自身から引き出そうとするからですよ！…　あらゆる人びとのうちでわたしの讃美してやまぬあなた、眼に見えるもっとも美しいものよりも、生において美しく、死において美しかったあなた、偉大なるソクラテス、愛すべき醜男、毒杯を永世の飲み物へと変える全能の思考、おお、あなた、その身体は冷たくなり、身体の半分はすでに大理石と化していても、残る半分でなおも語りつづけ、神のような言葉を友情をこめてわたしたちに話してくれたあなた、でもこのわたしに言わせてください、そういうあなたの経験にも、たぶん何かが欠けていたということを。

ソクラテス　それを教えてもらっても、おそらくは手遅れだ。でも、とにかく話してくれたまえ。

パイドロス　ひとつのこと、ソクラテス、ただひとつのことだけが、あなたには欠けていた。あなたは神のようなひとだった、たぶんあなたは、この地上の物質的な美しさなど何ら必要としなかった。そんな美しさなどほとんど味わうこともなかった。田園の優しさ、都市の壮麗を軽蔑してはいなかったし、泉からあふれる水も、プラタナスの繊細な木蔭も軽蔑なさらなかった、——それはわたしも知っています。けれどそれらはあなたにとって、あなたの瞑想のための遥かな飾りもの、あなたの懐疑のこころよい環境、あなたの内面の歩みに好ましい風景でしかなかった。もっとも美しいものもあなたをそれ自体から遠くへと連れ去り、あなたはいつもちがうものを見ていた。

ソクラテス　人間と人間の精神をね。

パイドロス　しかし、そうだとすれば、あなたはその人間たちのなかで、ものの形態や外観に対して特別な情熱を抱いているので驚いてしまう、そんな人たちに出会ったことはないのかしら？

ソクラテス　会ったと思う。

パイドロス　しかも、理知も美徳も、だれにもひけをとらないような人たちに？

ソクラテス　もちろん！

パイドロス　そういう人たちを、あなたは哲学者より上だとお考えになったでしょうか、それとも下だと？

ソクラテス　それはひとによりけりさ。

パイドロス　彼らの熱中する対象は、あなたの対象とするもの以上に探究と愛情に値いすると思われましたか、それともそれ以下だったでしょうか？

ソクラテス　彼らの対象とするものが問題なのではない。わたしには、〈至高の善〉がいくつもあるとは思えないのだ。わたしにわからないこと、理解に苦しむことは、理知に関してはあれほど純粋な人びとなのに、みずからもっとも昂揚した状態に到達するために、感覚で受けとめる形態や肉体の美しさを必要としているということだ。

パイドロス　親愛なるソクラテス、ある日、わたしはこの同じことをわが友エウパリノスと話しました。

彼はわたしにこう言うのでした。——パイドロス、ぼくは自分の芸術について想いをこらせばこらすほど、それだけぼくの芸術を実践することがふえてくる。思考し行動することが多ければ多いほど、それだけ建築家として多く苦しみ、また多く喜ぶのだ。——それだけぼくは、自分自身であることを痛感する悦楽がさらに増し、そういう感じの明快さがいっそう確実になってゆくのだ。

ぼくは自分の長い期待のなかに迷いこみ、不意の驚きをみずから惹き起こして、改めてわれに返る。ぼくの沈黙のあいつぐ段階をへて、ぼくはぼく自身の構築へと進んでゆく。そうやって、ぼくの願望とぼくの能力とのあいだのじつに正確な対応へと近づいてゆくので、自分にあたえられた生存を一種の人間的な作品へと変化させたと、ぼくには思えるのだ。

彼は微笑を浮かべながらわたしにこう言いました、——建築することによって、ぼくは自分自身を建築したような気がする。

ソクラテス　自分を建築することと、自分自身を認識すること、これはふたつの別々のことかな、それとも同じかな？

パイドロス　……そして彼はこう言い添えたのです。――ぼくは思考のなかに的確さを求めたが、それは、具体的なものの考察によって思考が明晰に産みだされて、いわばおのずから、思考がぼくの芸術の行為ひとつひとつへと変化してゆくためなのだ。ぼくは自分の注意力を配分した。問題の順序を並べ直した。以前に終わりになった地点から、ぼくは仕事をはじめ、すこしでも前に進もうとする……　ぼくは夢想を出し惜しむ、まるで実行しているようにものごとを構想する。ぼくの魂の不定形な空間のなかで、ぼくは断じて想像上の建物に想いを馳せることはしない、想像上の建物など現実の建物に対して、キマイラやゴルゴン(16)が本物の動物に対してもつような関係しかないからさ。しかし、ぼくの考えるものは造ることができるし、そしてぼくの造るものは理解可能なものと切り離しえない……　それに……　いいかね、パイドロス(彼はさらに言葉をつづけたのです)、ぼくが、ここのつい近くに、ヘルメス(17)のために建てたあの小さな神殿、それがぼくにとって何なのか、きみに知ってもらえたらなあ！――通りがかりの者には優雅な礼拝堂にしか見えない、――ささやかな建物なのだ、四本の柱、きわめて簡素な様式、――ぼくはわが生涯の、とある明るい一日の思い出をそこに託した。おお、愛情のこもった変身よ！　この優美な神殿は、だれが知ろう、ぼくが幸せな恋をしたコリントスの娘の数学的形象なのだ。この神殿はその娘の独特な身体の均整《プロポーション》を忠実に再現している。この神殿はぼくにとっては生きているのだ！　ぼくがそれにあたえたものを、そのまま返してくれる……

——わたしは彼に言いました、それでこそ、あれは言うにいわれぬ優雅さをもっているのだね。あの神殿には、たしかに、あるひとりの女性の現前が感じられる、初咲きの女性の花、魅惑的なひととの諧調が。あれは何かしら思い出のようなものを、呼びさましてくれて、その思い出のような感じは尽きはてることがない。そして、きみだけに完璧なかたちで所有されているイメージのこの端緒は、魂を突き刺し、惑乱させずにはおかないのだ。きみにわかるだろうか、もしぼくが、ぼくの思考のままにつづけるならば、ぼくはあの神殿を、何か横笛の交じった祝婚歌にたとえたい、その歌がぼく自身から湧きあがってくるのが感じられるのだ。

エウパリノスは、それまでよりひときわ明瞭な、また一段と優しい友情をこめて、わたしを見つめてくれました。

——彼は言ったのです、おお、きみは何とよくぼくを理解してくれるのだろう！　だれひとりとしてきみ以上に、ぼくの本質《ダイモーン》(18)に近づいた者はいない。ぼくの秘密のすべてをきみにうち明けたいくらいだが、その秘密のうちのあるものは、ぼく自身にしても、きみにうまく話せる自信がない、それほど言葉ではうまく言い表せないのだ。またあるものはきみをひどく退屈させかねない、ぼくの芸術の、この上なく特殊な技法や知識に関連するものなのだから。ぼくに言えるのは、ただ、ぼくの青春の神殿について、きみがいま音楽の合奏とか歌とか横笛とかの言葉を口にしたとき、どれほどの神秘とまでは言わなくても、どれほどの真理に、まさしくきみが触れてくれたか、ということだ。ねえ、きみ(きみが建築の効果にじつに敏感であるからには)、きみはこの都市のなかを散歩しながら、気がつかなかったかしら、この都市にたくさんある建物のうちで、あるものは黙し、あるものは語り、そしてこれはもっとも稀なのだが、ある建物は歌いかけるということに。それらの建物をそれほどにまで活気づけたり、沈黙へと導いたりするのは、それらの建物の用途でもなく、全体的な外観でさえもない。それは、それらの建築家の才能に、あるいは学芸の女神《ムーサイ》たちの恩寵によるのだ。

――きみに指摘されてみると、ぼくも心に思いあたるところがある。

――結構だ。建物のうちで語りかけも歌いかけもしないものは軽蔑にしか値いしない。

それは等級から言って、土建業者の荷車から吐き出される石材の山にも劣る死んだ物体だ、石材の山にしても、すくなくとも、荷車から落ちるときにたまたまできる偶然の秩序によって、すくなくとも慧眼のひとを愉しませてくれるのだから…… 語りかけるだけの建物はというと、明快に語ってくれるならば、ぼくは評価する。それらの建物は、ここには商人たちが集まってくると話してくれる。ここでは、裁判官たちが討議している。ここでは、囚人たちが呻《うめ》いている。ここでは、道楽者たちが…… (そのときわたしはエウパリノスに、その種の建物でじつに眼につくのを見たことがあると言ったのですが、彼の耳には届きませんでした。) こうした商業の取引所や法廷や牢獄は、それらを建設した人たちに心得があれば、この上なく明快な言葉を語る。そのうちのある建物は、顔ぶれのたえず変わる活動的な群衆を吸い込んでいることが一目でわかる。群衆に柱廊や建物正面の列柱を開放し、数多くの入り口や昇りやすい階段で、群衆をひろびろとして採光のいい広間へと招き入れ、いくつものグループに分かれては商取引の沸騰に熱中させる…… しかしまた他方で、裁きの建物は、見るひとの眼に、われわれの法の峻厳さ、公正さを語らねばならぬ。威厳、まったく何の飾りもない偉容がそれにふさわしい。そしてまた、そびえ立つ壁面のおそろしいほどの充実が。ひとの気配もない外装の沈黙は、辛うじてところどころで、神秘な扉の威嚇によって、あるいは幅の狭い窓の暗がりのつくりだす陰鬱なしるしや、その窓にはめられた太い鉄格子によって、わずかに破られるだけだ。一切がここでは判決を下し、刑罰を語る。石はその背後に閉じこめているものを重々しく告げる。壁は仮借ない。そして、事実にあくまで一致したこの作品は、厳しい用向きを力づよい声で宣言している……

ソクラテス　わたしのいた牢獄はそれほどひどいところではなかった……　くすんだ、それ自体としてはよくも悪くもない場所だった。

パイドロス　どうしてそんなことが言えるんです！

ソクラテス　うち明けた話、わたしはほとんど牢獄を見ていなかった。もっぱら友人たちに会っていたし、霊魂の不滅と死のことしか眼中になかった。

パイドロス　それに、わたしはおそばにいられなかった！

ソクラテス　プラトンもいなかったし、アリスティッポスも(19)……　でも部屋はひとで一杯で、まわりの壁はわたしの眼にははいらなかった。夕日の光が円天井の石を肌色に染めていた……　本当を言うと、親愛なるパイドロス、わたしにはわたしの肉体以外に牢獄はなかったのだ。ところで、きみの友がきみに言った言葉に話を戻そう。たしか、きみの友はもっとも貴重な建物のことを話そうとしていたところだったと思うので、それこそわたしの聞きたいところだ。

パイドロス　では、つづけましょう。

――エウパリノスはまた、港で人びとが感心して眺めるあの巨大な建造物を壮麗に描きだしてくれました。それは海中に突き出ている。その腕は絶対的なきびしい白さを見せて、まどろむ停泊区域をかこみ、その静けさを守っている。それは、多数のガリー船が平和に浮かんでいる、いくつもの停泊区域を、そそり立つ捨て石群や轟々たる響きをあげる突堤の背後に、安全に守護しているのだ。だれかが見張りをしている高い塔、あやめも分かぬ夜のあいだ松笠の焔が踊り狂う高い塔は、波しぶきのあがる防波堤の突端で、沖合を支配するかのように監視している……　このような工事を敢行するのは、他でもない海神《ネプトゥヌス》に挑みかかることだ。海に囲いをめぐらそうと、車何台分もの山をなす石塊を海中に投げいれねばならぬ。大地の底から掘り出したざらざらの砂礫《されき》を、流動する海の深みに、そしてまた風が追い立て乗り越えてゆく単調な騎兵隊の衝撃に対抗させねばならぬ……　わが友は言うのです、こういう港、この広大な港とは、精神の前に何という光明を繰りひろげていることか！　何とみごとにその肢体を伸ばしていることだろう！ 何と堂々とみずからの任務へと降りてゆくことか！――しかし、海に固有のさまざまな驚異や、海岸線の描きだす偶然の影像は、神々の手から建築家に恵みあたえられたものだ。なかば自然のものであるこうした高貴な建造物が魂の上に産む効果に、すべてが協力している。澄みわたった水平線の現前、帆影がひとつ現れ、また消えてゆく、船が大地から離れてゆくときの心のときめき、海難のきざし、未知の国々への輝かしい敷居、そして人間たちの貪欲さそのもの、しかし人間たちがその貪欲さに屈して船に足を踏み入れたとたんに、その貪欲さはすぐにも迷信的な恐怖へと化してしまう……実際、これはみごとな劇場だ。だが、芸術のみによる建物をそれ以上に崇めようではないか！ たとえわれわれ自身に逆らって相当に困難な努力を払わねばならぬとしても、ひとの世の魅惑、刹那的な享楽からはいくらかは離脱しなければならぬ。もっとも美しいものは必然的に暴君だ……

――しかしわたしはエウパリノスに、どうしてそんなふうでなければならぬのか、ぼくにはわからないと言いました。彼の答えるには、人間たちのうちで自分自身に逆らって努力することの、言い換えればある一個の自己自身を選びとり、それをみずからに課すことの可能な人間が稀であるのと同じように、真の美は稀なのだ。ついで、みずからの思考の金の糸をふたたびたぐりながら、こう言ったのです。さてそれでは、すみからすみまでひとりの人間による傑作、すこし前にきみに言ったような、おのずと歌いかけるように思われる傑作の話をしよう。

おお、パイドロス、そんな言い方は、虚しい言葉だったのだろうか？　話のふとしたはずみでいい加減につくりだされた単語たちなのだろうか、単語たちが咄嗟《とっさ》の間に話を飾りたてただけで、語のひとつひとつはじっくりと考慮するには堪えないようなものなのだろうか？　いや、ちがう、パイドロス、ちがうのだ！…　きみがぼくの神殿のことで（最初に、そして無意識に）音楽を語ったとき、神々しいまでの類推がきみに訪れたのだ。いわばきみの声が放心のうちに発せられたように、きみの唇の上でおのずから結ばれた思考と思考とのこの婚姻。じつに異なったもの同士の、偶然とも見えるこの結合、それはすばらしい必然に由来するものなのであり、その必然を深い根底まで考えることはほとんどできないけれど、きみを納得させずにはおかぬその必然の現存をきみはおぼろに感じとったのだ。だから、つよく想い描いてもみたまえ、死すべき人間でありながら、眼に見える形態とあい継いで発せられる音の束の間の集合とのこのふしぎな結びつきについて、自己の存在の究極を究め、究極の現実を究めるまでに瞑想をこらすほど、それほど純粋で、それほど理性的で、それほど微妙かつ執拗で、それほど技術の女神《ミネルヴァ》によって武装された者とは、いったいどのような人間であろうか、と。考えてもみたまえ、そのような人間はどのような内的かつ普遍的な起源へと進んでゆくのだろうか、どのような貴重な一点に到達するのだろうか、彼はどのような神をみずからの肉のなかに見出すのだろうか！　そして、このような神々しい曖昧性の状態のなかにみずからを所有したとき、もしも彼が何かしれぬ大建造物、——その尊く優雅な線が楽音の純粋さを直接的に帯び、あるいは魂に汲みつくしえぬ和音の感動をつたえずにはおかぬような大建造物を、もしも建設しようともくろんだとすれば、——想ってもみたまえ、パイドロス、それはどのような人間だろう！　想像してみたまえ、どのような建物だろう！…　そしてわれわれとしては、何という喜びであることか！

——わたしは彼に言ったのです、きみにはその人物を想い抱けるのか？

——できるとも言えるし、できないとも言える。そう、夢想としては想い抱けるが、知としては想い抱けない。

——そんなことを考えて何か助けにでもなるのかい？

——そう、刺戟として助けになる。判断としても助けになる。労苦としても助けになる……　だがぼくには、当然そうあらねばならぬように、分析を陶酔に結びつけることがどうも意のままにできないのだ。この貴重な能力に近づくことも、ときにはあるけれど……　あるとき一度、ぼくはその能力を捉えるところまでかぎりなく近づいた、が、それは、単に眠りのなかで愛する対象を所有するようなことにすぎなかった。じつに大きなものへと接近してゆく場合のことしか、きみには語ることができない。それが現れてくると、親愛なるパイドロス、ぼくはもうぼく自身とはちがったものになっている、ぴんと張った弦が、ゆるんでくねる弦とはちがうように。ぼくは、ありのままのぼくとはまったく別人になっている。一切が明晰で、容易に思えるのだ。そういうとき、ぼくの試みる組合せは、ぼくの光のなかでつづけられ、保持されてゆく。ぼくは自分の美への欲求が、ぼく自身の未知なる力と等しいと感じ、その欲求を満たすいくつもの形象を、独力で産みだしていると感じるのだ。ぼくは自分の全存在で望む……　さまざまな能力がはせ参じてくる。きみも知るように、魂の能力というものはふしぎなことに夜から発してくる……　それは幻覚の力で現実にまで進んでくる。ぼくはそれを呼び招き、沈黙によってそれに懇願する……　するとこの能力は明察と誤謬を一杯にはらんで現れてくるのだ。真も偽も、それらの眼のなか、それらの王冠の上で、等しく輝き出る。この能力は、それのもたらす贈り物でぼくを圧倒し、それの翼でぼくを包囲する…… パイドロス、ここに危険がひそむのだ！ この世でもっともむずかしいことなのだ！… おお、この上なく重要な瞬間、右せんか左せんかの、主要な引き裂かれ！… このありあまる神秘な恩恵を、もっぱら大いなる欲求から引き出されたものとして、またわたしの魂の極限的な期待から素朴に形成されたものとして、あるがままに受け容れるどころか、わたしはそれらの恩恵を制御して、おお、パイドロスよ、わたしの合図を待つように仕向けなければならないのだ。そしてぼくの生の一種の中断（日常的な持続のすばらしい中絶）によって、この恩恵を手に入れたあと、ぼくはさらに分割不能なものを分割しようと望む、〈想念〉の誕生そのものを緩和させ、中断しようと望むのだ……

——わたしは彼に言いました、おお不幸な男、きみは稲妻の一閃する間に何をしようというんだ？

——自由になることとさ。彼は言葉をつづけてこう言いました。まったくいろいろなことがある。その一瞬のなかには……ありとあらゆることがあるのだ。哲学者たちの扱う一切の問題も、ある対象の上に落ちる眼差とその結果生まれる認識とのあいだに起こるのだが、……いつも熟さぬうちに片がついてしまう。

――どうもきみの言うことが理解できない。つまりきみは、それらの〈想念〉を遅らせようと努力しているのか？

――それが必要なのだ。ぼくはそれらの想念がぼくを満足させるのを妨害し、真の幸福を先延ばしにするのだ。

――いったいなぜ？　そんな残酷な力をきみはどこから引き出すのだ？

――ぼくにとって何よりも重要なのは、まさにあろうとしているものから、その新しさのすべての力をもって、あったものの理性的な要請を満足させるという結果を獲得することなのだ。どうして晦渋《かいじゅう》でないことがありえよう？……　いいかね、ある日ぼくは、ある薔薇の茂みを見て、それから蠟細工をつくった。蠟細工をつくり終えると、ぼくはそれを砂のなかに埋めた。迅速な〈時〉は薔薇を無と化し、火は蠟をたちまちのうちにその無定形な本性へと変える。しかし蠟細工に熱を加えて、その蠟が型から流れ失せて消えてしまったあと、固くなった砂のなかに青銅の溶液を注ぎこむと、どんなにささやかな花びらの一枚一枚もおろそかにせず、その花びらとまったく等しい窪んだ型に密着する……

――わかった！　エウパリノス。その謎はぼくには明快だ。その神話は解釈しやすい。

新鮮だったがきみの眼前で滅びてしまった薔薇とは、一切の事象、うつろいゆく生命そのものを意味するのではないのか？——きみが蠟細工をつくるとき、蜜をあさるように眼が花冠のすべての上をあさって、花々に充ちあふれたままきみの作品へと戻ってきて、巧みな指先を押しあてながらきみが造形した蠟、——それは、きみの行為ときみの新しい観察との交渉を豊かにはらんだきみの日々の仕事の形象化ではないのか？——火とは他でもない〈時〉そのもので、本物の薔薇もきみの蠟の薔薇も完全に消滅させてしまうか、広大な世界のなかに散りぢりに四散させてしまうだろう、もしもきみの存在が何らかのやり方で、さあどういうふうにやるのだかわからないが、きみの経験のかたちとその経験のひそかな堅牢さを保持していない場合には……　青銅の溶液のほうは、たしかに、それが意味するのはきみの魂の比類ない能力であり、生まれ出ようと望む何ものかの騒がしい状態だ。その多量の白熱状態は虚しい熱、かぎりない反射熱となって失われ、あとに地金か不規則なかたちの鋳造物しか残らぬだろう、もしもきみがその白熱した溶液を神秘な管で導いていって、きみの英知の明確な型のなかで冷やされ、行きわたってゆくのでなければ。だから必然的に、きみの存在はふたつに分割されて、同時に熱くまた冷たく、流動的で堅固、自由でまた束縛されていなければならぬ、——

薔薇であり蠟であり火であらねばならぬのです。鋳型であり同時にコリントスの金属でなければならぬのです。

――まさにそのとおり！　だが、まえにも言ったように、ぼくは自分ひとりだけでそれを試みている。

――どうやってとりかかるのかしら？

――できるようにやるのさ。

――そうは言ってもどう試みるのか、言ってくれたまえ。

――きみが望むのだから、いいかね、聞いてほしい……　ぼく自身にも明快でないことを、さあ、どうやってきみにとき明かそう……　おお、パイドロス、ぼくが住居を(神々のためであれ、だれかひとりの人間のためであれ)設計するとき、そしてぼくが、見るひとの眼差を喜ばせ、精神とも会話を交わし、理性とも、かずかずの便宜とも……適合するようなものを創造しようと専念して、愛情をこめてその形態を追究するとき、きみに言いたい奇妙なことは、そういうときぼくの身体が参加しているように思えるということだ……　もうすこし言わせてくれ。この身体というものは讃歎すべき道具で、生きている者たちはすべてこれを使っているのに、十二分にこれを用いてはいないと、ぼくは確信している。彼らはここから、愉しみや苦しみ、そしてまた生活するというような、必要不可欠なことしか引き出していない。あるときは彼らは身体をそっくりそのまま自分だと思いこみ、あるときはその存在を忘れている。またときには禽獣そのものとなり、あるときはみずからが純粋精神と化して、彼らがどれほどあらゆるものと結びついているかを知らず、自分たちがどれほどすばらしい実体でできているかを知らない。けれども、その実体において彼らはみずから見るもの、触れるものと性質を共有している。彼らは石であり、また樹ともなる。彼らは自分を包みこむ質料と接触を交わし、呼吸を交わす。彼らは触れ、また触れられる。彼らはみずからの重みをかけ、他のいろいろなものの重みを支える。彼らは動きまわり、みずからの美徳と悪徳を運ぶ。夢想に耽ると、あるいは目覚めを予期せずに眠ると、彼らは自然界の水の本性を再現し、みずから砂と化し、煙霧と化する……　場合によっては雷電を貯え、稲妻として投げつける！……

しかし彼らの魂は、かくも身近にあり、みずから滲透しているこの自然を正確に利用するすべを知らない。魂は早すぎてしまったり、遅れをとったりする。魂は大切な瞬間そのものから逃げているようだ。そういう瞬間から衝撃を受け、魂をおのれ自身のなかに遠ざけ、おのれの虚ろさのなかに迷い込ませて、つまらぬ幻を産んだりしている。だがぼくは、まったく正反対に、みずから犯す誤謬に教えられて、まったき光のなかで語る、曙《あけぼの》のたびに、みずからこう語るのだ。

《おお、わが身体よ、わがさまざまな性向の平衡、あなたの諸器官の均衡、あなたの各部分の正当な釣り合いをたえずわたしに思い出させ、あなたを存在させ、流動するものたちのただなかであなたを定位させるものよ。わたしの作品に注意をはらっていただきたい。自然のさまざまな要請をそっとわたしに教えていただきたい。そうやって、あなたがその成果であるのと同様にあなたが身につけておられるあの偉大な術、季節に堪えて生き残り、偶然的な出来事からあなたを取り戻す術を、わたしに伝えていただきたい。あなたと契約を結んで真の事物の感覚を見出せるようにしていただきたい。わたしの思考を和らげ、強化させ、確実なものたらしめていただきたい。あなたも滅んでゆくものではあるが、わたしの夢想ほどはかなくはない。あなたは気まぐれな思いつきより持続の度は大きい。あなたはわたしの行為の責任をとり、わたしの過ちを償ってくださる。生命の生ける道具として、あなたはわたしたちひとりひとりにとって、宇宙にも比すべき唯一無二の対象だ。空間の全体があなたを中心としている。おお、星のきらめく天空と向き合ってたがいに注意を交わすものよ！　あなたこそは世界の尺度、わたしの魂などその世界の外貌を示しているにすぎない。わたしの魂は世界をその深まりも究めず、ただ虚しく知るばかりなのに、ときには世界を自分の夢想と同列に置こうとするほどの気取りぶりだ。太陽さえも疑うほど……　自分の束の間の制作にのぼせあがって、いろいろと異なる現実をかぎりなく産み出せると思ったりしている。他にもいくつもの世界が存在すると想像しているが、あなたはそんな魂をあなた自身へと呼び戻してくださるのだ、錨《いかり》が船を錨自体へと引き戻すように……

ひとしお深く霊感を受けたわたしの知性は、親しい身体よ、あなたをみずからのもとへ呼び招くことをもはや止めないであろう。あなたのほうも、わたしは望むのだが、わたしの知性に、あなたの現存、あなたの切望、部分部分に対するあなたの愛着をあたえることを、つねに止めないであろう。というのも、われわれ、あなたとわたしは合体する手段、われわれの差異性の解きがたい結び目をついに見出したのだから。われわれの子である作品こそはそれなのだ。われわれはそれぞれの側から働きかけていた。あなたは生き、わたしは夢見ていた。わたしの広大な夢想は結局のところ際限のない無能力となって終わっていた。いまわたしがつくりたいと願っている作品は、ひとりでにできるものではなく、それがわれわれを強制してたがいに呼応せしめ、そうやってひたすらわれわれの協調のもとに生まれでるものであらんことを！　だが、この身体とこの精神、たがいに存在を争いながら、結局は合同されねばならぬ、ひたすら現実そのものであるこの現存とこの創造的な不在、われわれがそれぞれその本性に従ってもたらすこの有限と無限、いまこそこの両者は整然たる構成のなかに合一しなければならない。そして神々のおかげでそれらが協調して働き、たがいに便宜と優雅、美と持続とを、線に対しては運動を、思考に対しては数をたがいに交換するならば、そのときこそ両者はたがいの真の関係、両者それぞれの行為を発見することになるだろう。願わくは、これら両者が、わたしの芸術の素材を介して、たがいに協力しあい、たがいに理解しあうことを！石材と力、輪郭線と全体としての塊、光と影、作為による連合、遠近法の幻影と重量の現実感、これらが両者の交渉の対象物であり、そこから生じる利益こそが、ついには、わたしが〈完璧〉と名づけるあの不変の富であらんことを》

ソクラテス　何と類例のない祈りだ！…　して、そのあとは？

パイドロス　彼は口をつぐみました。

ソクラテス　その話はこの地では奇妙に響く。いまやわたしたちには肉体はないのだから、わたしたちはたしかにそれを歎かねばならぬわけだし、かつて幸福な物陰にあふれた園を見たときと同じ羨望の眼差で、わたしたちは自分が離れてしまった生を見なければならない…… 作品も欲求もわたしたちをここまで追いかけてはこないが、悔恨のための場は充分にある。

パイドロス　あの森にもこの森にも永遠に不幸な者たちが出没している……

ソクラテス　もしもわたしがそのエウパリノスに出会ったら、わたしとしては何かもっと聞いてみたいところだな。

パイドロス　彼はかつて幸福だった者たちのうちで、いまではもっとも不幸であるにちがいありません。何を訊ねたいのです?

ソクラテス　彼の言うところの《歌いかける》建物について、もうすこし明快に説明を求めたいのだ。

パイドロス　どうもその言葉があなたにつきまとっているようですね。

ソクラテス　精神にとって蜜蜂であるような言葉があるものだ。そういう言葉は蠅のように執拗に精神につきまとう。あの言葉はわたしを刺したのだ。

パイドロス　刺した針がどう言うのです?

ソクラテス　その針はわたしを刺戟して、いろいろな芸術についてとりとめもない想いを誘ってやまない。わたしは、いろいろな芸術を近づけたり、別々に区別したりする。わたしは列柱の歌を聴いてみたいし、澄みわたった空のなかに旋律の大建造物を想い描いてみたいのだ、こんな想像をめぐらしていると、わたしの心は、一方の側に〈音楽〉と〈建築〉を、他方の側に他のいろいろな芸術を位置させるように導びかれる。親愛なるパイドロスよ、絵画は額縁にはいった絵として、あるいは壁画として表面を覆うにすぎぬ。そこで絵画は事物なり人物なりを装うのだ。彫刻にしても同じで、わたしたちの視界の一部分を飾る以上のものではない。しかし、周辺と融和した神殿や、そういう神殿の内部は、わたしたちにとって一種の完璧な偉大さを形成して、わたしたちはその内側に生きるのだ……　そのとき、わたしたちは人間の作品のなかに存在し、そこを動きまわり、そこに生きている！　この三次元のひろがりのなかには、検討され、深い省察を加えられなかったような部分はひとつとしてない。わたしたちはそこで何らかのやり方で、何者かの意志と好みとを呼吸している。その人間の選んだ空間の釣り合い《プロポーション》のなかに、わたしたちは捉えられ、制御されている。わたしたちは彼から逃れられないのだ。

パイドロス　そのとおりです。

ソクラテス　しかしきみは、同じことが何か他の場合でも起こるとは思わないか？

パイドロス　どんなことです？

ソクラテス　魚が波のなかにいるように人間の作品のなかにいて、それに完全に浸り、そこで生き、自分がそれに所属しているというような？

パイドロス　何のことかわかりません。

ソクラテス　おやおや！　してみるときみは、何か荘重な祝宴に列席したり、饗宴に参加したりしていて、オーケストラが会場全体を楽音と幻想とで満たすときに、そんなことを経験したことが一度もないというのか？　はじめの空間が、何か知的に理解できる変動する空間にとって変わる、というかむしろ、時間そのものが四方八方からきみを取り囲んでいるように思えたことがないのか？　そういうとき、きみは流動し、たえずそれ自体へと更新され再建される建物、そのひろがりの魂に他ならぬ魂の変容へとすっかり委ねられた建物のなかに生きていたのではないか？　それは、思い出と予感、悔恨と予測、さらには明確な理由のない無限の感動のたえざる燃焼によって、きみの全存在を照らしだし暖める絶えざる焔にもたとえられる、変動する充実感ではなかったか？　そしてそのような瞬間とそれを飾るもの、踊り手のいないこの舞踏、胴体も顔もない

（しかしじつに精妙に刻まれた）この彫像、それらのものがきみを取り巻き、きみをあたり一面にみなぎる〈音楽〉の現存の奴隷たらしめたように思われなかっただろうか？　そしてきみは、この汲みつくしがたく産出される魅惑とともに閉じこめられていたのではないか、閉じこめられるのを強制されていたのではないか、ちょうどデルポイの巫女が煙の部屋のなかに閉じこめられるように？

パイドロス　たしかに覚えはあります。それどころか、そういう囲い、楽音によってそこここにつくられたそういう宇宙のなかにあることは、自分自身の外にいることに等しい……と気がついたこともあります。

ソクラテス　それ以上だ！　この流動性が、さらに流動的なきみの思考にくらべれば不動のものだと感じなかっただろうか？　ときに、いわば心中ひそかに、この現れと推移と争いの建物、何とも定義できぬ出来事の建物を、そこから逸れていっても、同じ一本の道をかえるように戻ってくると、ほとんどもとと変わらないように見えるようなものと思わなかっただろうか？

パイドロス　白状すれば、わたしはそれと知らずに音楽から離れて、いわば音楽をその場に置き去りにしたような経験もあります……　わたしを招き寄せる音楽から気をそらしてしまい、ついで、そのなかへと戻ってくる。

ソクラテス　そういう流動性自体がいわばひとつの固体をつくっているのだ。それは、ちょうどきみの魂のまわりに建てられた神殿のように、それ自体として存在しているように思える。きみはそこから外に出ることもできるし、そこから遠ざかることもできる。別の入り口からそこへと戻ってくることもできる……

パイドロス　そのとおりです。いや、同じ入り口から戻ることはけっしてない。

ソクラテス　つまり、人間を人間のなかに閉じこめるふたつの芸術があるわけだ。というかむしろ、ちょうどかつてのわたしたちの身体が眼の創造物に閉じこめられ、視界にとりまかれていたように、存在をその作品のなかに、魂をその行為と行為の産出物のなかに閉じこめるふたつの芸術がある。このふたつの芸術によって、人間はふたつのやり方で、石材なり楽曲なり、何らかのやり方で形象化された内的な法則と意志に包まれているのだ。

パイドロス　よくわかりました、〈音楽〉と〈建築〉とはそれぞれわたしたちと深い関係をもっているのですね。

ソクラテス　ふたつとも、ある感覚の全体を占有する。そのひとつから逃れるためには内的な切断によるしかないし、もうひとつからは移動によって出てゆくしかない。そしてそれらのいずれも、わたしたちの認識と空間を、人工的な真実により、また本質的に人間的な事象によって満たすのだ。

パイドロス　つまり、どちらもじつに直接的に、何の仲介もなく、わたしたちにかかわり、当然おたがい同士のあいだでとりわけ単純な関係を保っているはずですね？

ソクラテス　まさにそのとおり。何の仲介もなく、とは、きみもうまく言ったものだ。というのも、他の芸術や詩が借りてくる眼に見える事象、花とか樹々とか生きている人間たちとかは(そればかりか不滅の存在も)、芸術家によって作品化されるとき、あるがままのものであることをやめないし、それらの本性とそれら固有の意味とを、それらを用いて自己の意志を表現しようとするひとの意図へと混じえずにはおかないからなのだ。こうして、画家は、自分の画《え》のある一部分が緑色であってほしいと望むとき、そこに一本の樹を描き入れるが、彼はそのことによって自分が原則として言おうとしていた以上の何ごとかを言ってしまう。彼は、一本の樹の観念から派生するあらゆる観念を自分の作品につけ加えてしまい、これだけで充分という地点に踏みとどまれない。彼は色彩を何らかの存在から切り離すことができないのだ。

パイドロス　それが現実の事象に縛られているということの利点でもあり、欠点でもあるわけですね。事象のひとつひとつは、人間にとって複数の物体であり、人間の行為に対しては、さまざまに異なる複数の用途に用いられるのです……　あなたが画家について言ったことは、わたしにまた、教師が子供たちにアキレウスと亀の話について考えるように言って、この英雄がのろまな動物に追いつくのに必要な時間を求めるように要求する話を思わせました。子供たちの頭から作り話を追いはらい、数とその数学的関係だけを残すのではなくて、子供たちは、一方では翼のはえた足を、他方ではのろい亀を想像して、それらふたつの存在とつぎつぎと合体し、一方を考え、ついで他方を考えます。そうやってたがいに交渉不可能なふたつの時間とふたつの空間をつくりだし、アキレウスも亀もいないし、時間そのものも速さも存在せず、数値と数値間の等式しか存在しない状態に、どうしても到達できないのです。

ソクラテス　だが反対に、わたしたちが話題にしている芸術は、数値と数値間の関係を手段として、作り話ではなく、あらゆる作り話をつくりだす隠れた能力をわたしたちの内部に産みだすはずだ。芸術は魂を創造的な格調へと高め、魂を響き高く豊沃なものたらしめる。魂は、それらの芸術が魂に伝えるこの物質的で純粋な調和に対して、魂がやすやすと産みだす汲みつくしがたいほどのおびただしい数の説明と神話で答えるのだ。そうして魂は、計量された形態と正しい間隔とが魂に課してくる圧倒的な感動に対して、数かぎりもない想像上の原因をつくりだし、それによって魂は驚異的なまでに迅速かつ渾然一体となった無数の生命を生きるのだ。

パイドロス　絵画にも詩にもそういう力はありません。

ソクラテス　いや、絵画や詩にもそれなりの力はある！　しかしその力は、いわば現在時のなかにとどまっている。美しい身体はそれ自体として眺められ、わたしたちにすばらしい瞬間をあたえてくれる。それは自然の一部分で、芸術家はそれを奇蹟的に作品へと定着させたのだ……　しかし〈音楽〉と〈建築〉とは、それら自体とはまったくちがうものをわたしたちに考えさせる。それらはこの世界のただなかにあって、いわば他の世界の大建造物のようなものなのだ。あるいは、ある構造と持続の――諸存在の持続ではなく形態と法則の持続であるような持続の――そここに点在する実例のようなものなのだ。〈音楽〉と〈建築〉とは、一方は宇宙の形成を、他方は宇宙の秩序および安定性を、わたしたちに直接的に想い起こさせるためにあるかと思われる。それらは精神によるさまざまな構築と精神の自由とを祈願する、――、精神の自由とはこのような秩序を探究し、かぎりないやり方でその再建を行うものなのだから。したがってそれらは、世界と精神とがふつうにかかずらっている個別的な外見、植物とか動物とか人間とか……の外見は無視する。それどころか、わたしはときおり、音楽をその複雑さと等価な注意力をはらって聴きながら、いわば個々の楽器の音色をわたしの耳の感覚としては、もはや知覚してはいないということに気がついたことがある。交響曲そのものがわたしに聴覚を忘れさせてしまうのだ。交響曲は、たちまちのうちに、そしてきわめて正確に、躍動する真理、普遍的な冒険へと、あるいはまた抽象的な組合せへと変わっていて、そのためわたしは楽音という感覚的な仲介をもはや認知していないのだった。

パイドロス　つまり、こう言いたいのですね、彫像は彫像を考えさせるが、音楽は音楽を考えさせないし、建築物は他の建築物を考えさせない、と？　それだからこそ——もしあなたが正しければ——建物の正面が歌いかける！　だが、どうしてそんな奇妙な効果が可能なのかと考えてみても、わたしには答が出てこない。

ソクラテス　わたしたちはすでに答を見出していると思えるのだがね。

パイドロス　わたしには漠然と感じられるだけです。

ソクラテス　すでにわたしたちは言ったではないか？——知的に感知できる形態を石

材に課し、楽曲にかよわせる、自然界の事象からはほとんど何ものも借りてはこない、可能なかぎりすこししか模倣しない、これこそ、これらふたつの芸術に共通するところだ。

パイドロス　そのとおりです。たしかにそうした否定性は両者に共通している。

ソクラテス　しかしまた反対に、本質的に人間的な事象を産出する、感覚的な事物との類似ではなく、既知の存在の複製ではないような感覚的な手段を用いる、法則に形象をあたえる、あるいは法則それ自体から形象を引き出す、これらもまた同じく両方の芸術に認められることではないか？

パイドロス　その点でも両者は比較できます。

ソクラテス　だから、謎はこれらの観念にまでしぼりこまれたわけだ。わたしたちの追究する類似は、このふたつの芸術のなかでじつに大きな役割を演じているこれらの形象、なかば具象的なかば抽象的なこれらの存在に、たぶん、かかわりがある。それは、独特な存在、人間の真の創造物、視覚と触覚の、――あるいは聴覚の――性質を分かちもつもの、そしてまた理性と数と言葉の性質を分かちもつものなのだ。

パイドロス　幾何学的な形象のことをおっしゃりたいのですか？

ソクラテス　そうだ。そして楽音の集合、あるいはリズムと音楽的旋法のことだ。楽音そのもの、純粋な楽音は一種の創造物だ。自然界には雑音しかない。

パイドロス　しかし、あらゆる形象が幾何学的だということはないでしょう?

ソクラテス　雑音が楽音でないようにね。

パイドロス　でも、どうやってそのふたつを区別するのです、幾何学的形象とそうでない形象とを?

ソクラテス　まず後者のほうから考えてみよう……　親愛なるパイドロス、わたしたちがまだ生きていて肉体をもち、肉体たちに取り囲まれていると仮定してみたまえ。きみにこう言おう、鉄筆を取りたまえ、あるいは先の尖った石を手に持ちたまえ、そうしてどこかの壁面の上に、何も考えずに何か線を引くのだ。一気に線を引くんだ。やってみたかね?

パイドロス　架空のことですが、やってみました、わたしの思い出に頼って。

ソクラテス　何ができた?

パイドロス　煙の線を引いたように思えます。その線は前進し、砕け、戻ってくる、そして結びあったり、環になったり。そしてそれ自体と縺《もつ》れあい、無目的の、始まりもなく終わりもない、わたしの腕の届く範囲内でのわたしの仕草の自由以外の意味をもたぬ……そんな気まぐれのイメージです。

ソクラテス　そのとおり。きみの手自体が、ある地点から次いでどこに向かうかを知らなかった。きみの手は、自分の占めていた場所から、ただ単に外に出ようとする傾向に漠然と押しすすめられていた。他方でそれは身体からしだいに遠ざかってゆくにつれて、引き留められ、いわば速度を遅くしていった……　最後に石は石の表面に、方向によって難易の度をちがえながら線を引き、きみ自身の偶然に、そういう偶然を加えていった……　それは幾何学的形象だろうか、おお、パイドロスよ?

パイドロス　もちろんちがいます。だが、なぜでしょう。

ソクラテス　そしてもし、いまわたしがきみに、その石なり錐《きり》なりで、何かのかたちを描いてくれと頼んだとしたら。たとえば何か壺でもいい、鼻のぺちゃんこなソクラテスの横顔でもいい、そのときまみが描いた線は、壁の上にいいかげんに彫りつけた線より幾何学的だろうか?

パイドロス　ちがいます。それ自体としてちがいます。

ソクラテス　きみの答はわたしが答えても同じだ。《それ自体としてちがう》。そうだとすると、きみは、モデルに従った行為のなかには、壁面の塗料の上に線を引くこと以外の何も志向していなかった前の行為とくらべて、何か余計なものがあると感じている。しかしながら、描いた像は、——壺の曲面にせよソクラテスの鼻の奇怪な曲線にせよ——それ自体としては、はじめに盲目的に引いた線以上に幾何学的ではない。きみの手の動きの各瞬間は他の瞬間とは無縁だ。わたしの鼻の窪みをわたしの額の突出に結びつける必然的なものなど何もない。けれどもきみの手はもはや壁の上を自由にさまようわけにはいかない。いまは何ものかを《きみは望んでいる》、そしてきみは、あたえられた形態を再現せよという外的な掟をきみの描線に課している。きみにはそういう義務があり、それどころかきみは、みずからに課したこの掟を、《平らな表面の上にソクラテスの顔を投影して再現する》という言葉で定義しているのだ。この掟は、モデルの現前がさらに必要であるからには、きみの手を導くのに充分ではない。しかしこの掟はきみの手の作用の総体を統御している。その作用を、それなりの目的と賞罰と限界を有するひとつの全体たらしめているのだ。

パイドロス　では真実のところ、こう言っていいのでしょうか、わたしは幾何学的行為をしているが、そこからできあがる形象それ自体は幾何学的ではない、と?

ソクラテス　そのとおり。あるいはこう言ってもいい、その形象は類似というかぎりでは幾何学的だが、それ自体としては幾何学的ではない、と。

パイドロス　それでは、こんどは真の意味で幾何学的な形象の話をしてください。

ソクラテス　そうしよう。だがわたしは、そういう形象が何であるかを、他の形象を排除する以外のやり方でうまく言えるという自信がない。

パイドロス　とにかく言っていただかなければ。

ソクラテス　つまりわたしは、さまざまな形象のうちで、ごくわずかな言葉で表現できる運動の軌跡であるような形象を《幾何学的》と呼んでいる。

パイドロス　とすると、もしあなたがだれかに向かって、歩けと命令したら、このただの一語で幾何学的形象が生まれるのですか?

ソクラテス　いやちがう。もしわたしが、「歩け!」と言ったとしても、この命令によって運動は充分に定義されてはいない。ひとは前にも、後ろにも、斜めにも、曲がってでも……歩くことができる。必要なのはただひとつの命題によって、運動がじつに明確に定義されて、その動いてゆく身体には、運動を描いてゆく、ただ運動だけを描いてゆく、それ以外の自由が残されていないということなのだ。この命題がその運動のあらゆる瞬間によって遵守されねばならず、その結果として形象のあらゆる部分が、ひろがりのなかでは異なっていても、思考のなかでは同じひとつのものであることが必要なのだ。だから、わたしがきみに、二本の樹からつねに等距離なだけ離れて歩け、と言えば、きみがあたえられた条件を運動のなかで守っているかぎりは、きみはそのような形象のひとつを産みだすことになるだろう。

パイドロス　それだけですか？　そんな産出の仕方にどんな不思議なところがあるというのです？

ソクラテス　わたしはこれ以上に神々しい、これ以上に人間的なことを知らない。これ以上単純で、これ以上強力なものは何ひとつない。

パイドロス　そう言われる理由をぜひともうかがいたい。

ソクラテス　おお、わが友よ、それではきみは、たとえば一本の線のような眼に見える対象を運動に変換させ、一個の運動を対象へと変換させるほど視覚と運動がじつに緊密に結びついていることをすばらしいとは思わないか？　こうした変換が確実で、しかもいつも同一の過程をへて行われるということ、また言葉の力によって確実に起こるということを、すばらしいとは思わないのか？　視覚はわたしに運動をあたえ、そしてその運動は運動の生成と描線の連続をわたしに感じさせる。わたしは視覚によって動かされ、運動によってそれまでより映像をひとつ余計に恵まれる、しかもわたしが時間によってそれに近づくにせよ、空間のなかにそれを見出すにせよ、わたしにあたえられるのは同一物なのだ。

パイドロス　しかし、どういう点で言葉が必要なのです？　またなぜ、仰るように、ほんのわずかの言葉で、ということになるのです？

ソクラテス　そこが、親愛なるパイドロス、一番重要なのだ。言葉がなければ幾何学はない。言葉がなければ、形象は偶発物にすぎず、精神の力を顕示することもなく、それに役立つこともない。言葉によって、形象を産み出す運動は行為へと還元され、しかもその行為は語句によって明確に指示されているのだから、形象のひとつひとつはひとつの命題となり、その命題は他のいろいろな命題と組み合わせることができる。こうしてわたしたちは、もはや視覚も運動も考慮せずに、わたしたちのつくりあげた結びつきの特性を確認し、そしていわば理路整然たる言説によってひろがりを構築しあるいは豊饒にすることができるのだ。

パイドロス　とすれば、幾何学者は形象を充分に考察した上で、いわば眼を閉じ、盲目になるのですね？

ソクラテス　しばらくのあいだ、幾何学者は映像から身を引いて、精神の機構によって言葉にあたえられた運命に盲目的に身を委ねるのだ。辛苦に満ちた沈黙のさなかで、複雑な言葉がより単純な言葉へと解消されてゆき、同一ではあるが別々に分かれていたさまざまな観念が一体化してゆく。たがいに類似した知的形態は要約され、単純化されてゆく。それぞれに異なった命題に嵌めこまれていた共通の概念が、それらの命題を相互につなぐ靭帯として役立ち、それらの概念がそれぞれ別々に結びついていた他のもの同士を統合することを可能ならしめて、消滅する……　もはや思考には、純粋な行為——その行為によって思考がおのれ自身の前で、おのれ自身へと変身し変容するという純粋な行為が残されているばかりである。ついには思考は、おのれ自身の暗黒から思考の働きの全容を抽出するに到る……

パイドロス　その讃歎すべき盲人は、さまざまな象徴の踊る巧緻な振り付け(20)の行われる舞台として、みずからを凝視しているというわけですか！…　ディオクレスの狂おしい眼を覚えておいでですか？

ソクラテス　でも、そうした驚異も言語の至高の効果に他ならないのさ。

パイドロス　とすれば、いまや言語とは建築技師だということですね？…　言語とは作り話の泉だとは知っていましたが、ある人たちにとっては言語が産みの親となって……

ソクラテス　パイドロス、パイドロスよ、不信心はこの地では気にいられていないのだ。ここには落雷はまったく存在しないし、冒瀆の言葉も何の効果もない……　そしてこの広大な草原には毒人参もはえていないようだ[21]。だが本当に言葉は建設することができるのだ、創造することも腐敗させることもできるように……　言葉のために建てられる祭壇は、それぞれに異なる飾りをもつ三つの面を陽光に示すべきだろう。そしてもしわたしが言葉を人間の面貌のもとに形象化しなければならぬとすれば、わたしはそれに三つの顔をあたえるだろう。ひとつはほとんど無定形で、日常の言葉を意味するものとなろう。生まれたとたんに死んでゆくような言葉、用いられるそのことによってただちに消えてゆくような言葉、用いられるとすぐ、求めたパンというかたちに変わり、道を訊けば、すぐにその道が示され、罵れば、相手の怒りに姿を変える……　だが、第二の顔は唇を丸めて永遠の水の清冽な波を吹きだすだろう。その顔はこの上なく高貴な目鼻立ちを見せて、眼は大きくて情熱的、頸は、学芸の女神《ムーサイ》たちに彫刻家があたえるように、力づよく、ふくらみをもっている。

パイドロス　で、三番目は？

ソクラテス　太陽神《アポロン》の名にかけて、それをどう言い表したらいいだろう？…　そのためには、エジプト人が彼らの神々の顔に描きこむすべを心得ていたと言われる、あの厳しさと繊細さにあふれた目鼻立ちをもつような、何か知れぬ非人間的な容貌が必要だろう。

パイドロス　そのエジプト人のことは本当です。策略、謎、ほとんど残酷な明確さ、容赦なくそしてほとんど獣のような狡知、猫のような注意力と凶暴な霊性のあらゆる特徴、それがエジプト人のあの無情な神々の肖像には、ありありと見えるのです。鋭さと冷たさの巧みに中庸をえた混合が、魂のなかに、不快感と独特な不安を惹き起こすのです。そしてこの沈黙と明徹の怪物、無限に静かで無限に覚醒しており、硬直性をそなえながらしかも切迫感をもち、いまにも柔軟へと変わりそうに思える怪物は、すべてを洞察しても、みずからは洞察を許さぬ動物、しかも野獣というかぎりで、いわば〈知性〉そのものと見えるのです。

ソクラテス　明晰さ以上に不思議な何があるだろう？…　持続と人間たちに対する光

と影の配分以上に気まぐれな何があるだろう？　思考のなかにみずからを見失ってしまう民族がいくつもある。だが、他でもないわたしたちギリシア人にとって、あらゆる事物が形態だ。わたしたちは形態相互の関係しか考慮しない。そして、澄明な光のなかに閉じこめられたかのように、わたしたちはオルペウスさながらに、言葉によって、あらゆる理性的存在を満足させうるような英知と学問の殿堂を打ち建てる。この偉大な芸術はわたしたちに、驚くばかり正確な言語を要請する。言語を意味するその名詞そのもの(22)が、また、わたしたちにおいては理性と計算を意味する名詞であり、ただひとつの単語がそれら三つのことを語っているのだ。というのも、すべての用語の意味がはっきりと限定され、その意味としての恒久性が保証されていて、そうした不動の意味のそれぞれがたがいに調整されて、明晰なかたちに構成されるとき、理性とは言説そのものでないとしたら、いったい何であるだろう？　そして計算についても同じだ。

パイドロス　どういうことで？

ソクラテス　言葉のなかには数もはいっているからだ、数とはもっとも単純な言葉だからな。

パイドロス　でも他の言葉、単純ではない言葉は計算には不向きでしょう？

ソクラテス　不向きではないが手続きが難しい。

パイドロス　どうしてです?

ソクラテス　言葉が別々につくられたからだ。ある言葉はしかじかのとき、しかじかの要求からつくられ、また別のある言葉は別の状況下につくられた。事物のただひとつの側面、ただひとつの欲望、ただひとつの精神が、いわばただひとつの行為によるようにして言葉を創設したのではない。だから言葉というものの集まりは、いかなる個々の用途にも適合しないし、言葉を確実な道をとおって遠くのほうにまで発展させていこうとすれば、果てしない言葉の枝分かれへと踏み迷わざるをえない……　だから、こうした複雑な言葉を組み合わせて調整してゆくときは、かたちの不揃いな石塊を組み合わせてゆくのと同じように、この種の調整につきものの偶然の幸運や不意の効果を当てにしなければならぬわけで、だから運命によってそうした仕事に恵まれている人びとに、《詩人》の名をあたえねばならぬのだ。

パイドロス　あなたまでが建築への礼讃に心を奪われたようですね!　いまではあなたは建築というこの大芸術から比喩や確乎とした理想を借りずにはお話ができなくなっている。

ソクラテス　きみが伝えてくれたエウパリノスの言葉が、わたしにはいまだにすっかり沁みこんでいる。その言葉はわたし自身のなかに、何かその言葉に似通ったものを目覚めさせたのだ。

パイドロス　とすると、あなたのなかにひとりの建築家が含まれていたというのですか？

ソクラテス　いかなるものも、何らかのかたちで、わたしたちの存在のなかに前もって存在するか、わたしたちの本性がひそかに期待していたものでないかぎりは、わたしたちを誘惑したり、わたしたちを惹き寄せたりすることもできないし、わたしたちの耳をそばだたせたり、わたしたちの眼差を注がせることはできない。そうでなければ、いかなるものも多数の事物のなかからわたしたちによって選ばれたり、わたしたちの魂をざわめかせたりすることはできないのだ。わたしたちがたとえ束の間であれ何になろうとも、それはすべてあらかじめ準備されていたことなのだ。わたしのなかにはひとりの建築家がいたのだが、さまざまの偶発的状況のおかげで、それは現実の建築家へと形成されることはなかった。

パイドロス　何を手がかりにそれがわかるのです？

ソクラテス　何か知れぬ深い構築への意図があって、それが暗々のうちにわたしの思考を悩ませていた。

パイドロス　わたしたちが生きていたときは、あなたはそんな様子をすこしも見せなかった。

ソクラテス　前にも言っただろう、わたしは多数の者として生まれ、たったひとりの者として死んだのだ。生まれたての子供は無数の群衆なのだが、人生はたちまちのうちに、その群衆をたったひとりの個人へ、自己を表示し、ついで死んでゆく一個人へと還元してゆく。わたしとともに数多くのソクラテスが生まれ、そこからすこしずつ、いつか司法官の前に立たされ毒人参を飲まされることになるソクラテスが切り離されていったのだ。

パイドロス　とすると、その他のすべてのソクラテスはどうなったのです?

ソクラテス　観念になったのだよ。彼らは観念の状態として残った。彼らは存在したいと要請したのだが、拒否されてしまった。わたしは彼らを、わたしの内部に、わたしの疑惑、わたしの矛盾等々として保持している。ときにより、そうした人間の芽ばえは機会に恵まれることがあり、そうしたときわたしたちは、ほとんど本性を変えそうになる。わたしたちのなかに存在しようとは思いもかけなかった志向や才能に気がつくことがあるものだ。音楽家が将軍になったり、水先案内人が医師の天分を自覚したりする。自分の美徳に見とれ、自分を尊敬していた者が、みずからのうちに隠れたカークス(23)を発見したり、泥棒の魂に気づいたりするのだ。

パイドロス　たしかに人間のある年齢というのは、そのときどきに十字路のようなものですね。

ソクラテス　思春期はとりわけさまざまな道の中央に位置している……　若かりしある日、わが親愛なるパイドロス、わたしはわたしのいくつもの魂のあいだで奇妙なためらいを経験したことがある。偶然が、わたしの手のなかに、この上なくえたいの知れない物体を置いたのだ。そしてその物体がわたしに行わせた果てしもない省察には、その後わたしがそうなった哲学者へとわたしを導く可能性もあったたし、わたしがならなかった芸術家へと導く可能性もあった……

パイドロス　あるひとつの物体が、あなたをそれほど別々の道へと誘ったのですか？

ソクラテス　そうだ。ほんのつまらぬ物体、散歩をしているときに見つけたあるひとつのもの。それがある思考の源となり、その思考がひとりでに建築することと認識することのふたつへと分岐していったのだ。

パイドロス　何と驚くべき物体でしょう！　この世のありとあらゆる善と悪とが入っていたというあのパンドラの箱にも比べられるような物体ですね！……その物体をわたしに描き出してください、あの偉大なホメロスがペレウスの息子の楯(24)を歎称させてくれたように！

ソクラテス　きみにもわかってもらえると思うが、それはどうにも言葉では語りようがないのだ……　その重要性はそれがわたしにあたえた当惑と切っても切り離せない。

パイドロス　もっとたっぷりと説明してください。

ソクラテス　それでは、パイドロスよ、こんなことだった。わたしは波打ち際を歩いていた、果てしない渚を進んでいた……　きみに夢の話をしているのではない。どこに向かうとも知れず、生命感に満ちあふれ、わが青春になかば酔いしれていた。こころよく肌を刺す清らかな大気は、わたしの顔と肢体を圧し、手では触れることのできぬ勇士をわたしの前に立ちはだからせ、わたしは前進するためにはその勇士にうち勝たなければならなかった。抵抗をたえず押しのけてゆくため、わたし自身が一歩ごとに風にうち勝つ想像上の勇士となり、たえずよみがえっては、眼に見えぬ相手の力に対してたえず対抗してゆく力にわが身は満ちあふれて……　それはまさしく若さそのものだった。波にうち固められ、うねりゆく渚をわたしは力強く踏みしめていった。わたしのまわりでは、すべてが単純で純粋だった。空、砂、海水。わたしは、はるかな沖から、大波の塊が、まるでリビアの海岸から駆けつけんばかりに押し寄せてくるのを見つめていた、その大波は、燦々《さんさん》と煌めく波の頂き、深くくぼんだ波間、何ものにも負けぬエネルギーを、アフリカ大陸からアッティカまでの広大な水のひろがりの上を運んでくるのであった。その大きなうねりは、ついにはその障害物、ヘラスの台座そのものを見出す(25)。うねりはこの海中の基盤の上で砕け、乱れ乱れて、その持続の源へと戻ってゆく。うち寄せる波は、この一点でうち砕かれ、混じりあうのだが、つづいてやってくる波に捉えられる姿は、まるで波の形象同士が戦っているかのようだ。鎖のようにつながっている無数の水滴も砕けて、きらめくしぶきとなって舞い上がる。見渡すかぎり、白衣の騎士たちがつぎつぎと自分自身を跳び越えて、こうして底知れぬ海底からの使者たちが、単調なざわめきをあげながら、なだらかでほとんど眼に見えぬ斜面の上で、滅んではまた姿を現す。その使者たちがいかに怒り狂って、はるかな対岸から押し寄せてきても、この斜面をよじ登ることはできないだろう……　ここでは、この上なく高い波によってこの上なく遠くまで投げられた水泡《みなわ》は、黄ばんで虹色に輝く塊をなすかと思うと、その塊は陽光にくだけ、吹く風に追いやられて、まるで海の突然の跳躍に驚いた獣のように、この上なく奇妙なかたちとなって四散する。だが、このわたしのほうは、生まれたばかりの処女なる水泡そのものが愉しかった…… それは肌に触れると、ふしぎなこころよさを感じさせる。それは温かい、風を含んだ乳のようで、肉感的な激しさでやって来ては、裸の足を浸し、しばらくのあいだ潤し、追い越していっては、また素足になだれかかり、うめくその声は岸辺を離れてはまた引き戻ってくる。一方で、人間の立像は生きたままそこに立ちつくし、砂に引きずられながらすこし砂のなかにめりこむ。そのあいだ魂は、じつに力強くまた繊細な音楽にわれを忘れ、じっと鎮まりかえって、その音楽をいつまでも追ってゆく。

パイドロス　あなたのお話にわたしはもう一度生き返るようです。おお、塩をはらんだ言語、そして真に海のものである言葉！

ソクラテス　いい気持になって話してしまった…… 時間について[26]語るな、わたしたちには永遠がある。わたしたちがここにいるのは、ダナオスの娘たちさながらに、わたしたちの精神を汲みつくすためなのだ。

パイドロス　で、例の物体のほうは？

ソクラテス　それはわたしが歩いていた岸辺、わたしが足を停めた岸辺にあったのだ、わたしが長々と話したので、いまではきみもわたしに劣らずよく知っている光景だが、あの光景もこの地で想い返してみると、もはや永遠に消え果ててしまったという事実それ自体によって一種の新しさを帯びている。だから、待ってくれたまえ、あとすこし話していると、あのときわたしが探してはいなかった何かが見つかりそうだ。

パイドロス　あいかわらず同じ海辺にいるのですね？

ソクラテス　むろんだ。この〈海神《ネプトゥヌス》〉と〈地神《テルス》〉の境界、競いあう神々がたえず奪いあっているこの境界線は、この上なく不吉で、この上なく止むことのない交易の場だ。海が打ちあげるもの、大地が引きとめてはおけぬもの、謎めいた漂流物、ばらばらになった船の醜悪な肢体、炭と区別のつかぬほど黒く、まるで塩水に焼かれたものさながらだ。無惨についばまれたあと波に洗われてすっかりなめらかになった死体、プロテウス[27]が獣の群を飼っている透明な放牧場から、嵐によってもぎ取られてきたしなやかな藻、冷たい瀕死の色を浮かべた、小さくしぼんだ怪物ども、要するに、たまたまの巡りあわせで、沿岸の怒りに、また波と岸辺との終わることのない紛争に委ねられたありとあらゆるものたち、それらが運びこまれ、また運び去られる。持ち上げられ、引き下げられ、時間と日々のままに捉えられ、失われ、また捉えられる。運命の無関心への陰鬱な証人、下劣な宝物、変動を示さぬような永遠の交換の玩弄物……

パイドロス　そういうところであなたは見つけたのですね？

ソクラテス　まさしくそこでだ。わたしは海に打ちあげられたもののひとつを見つけた。白いもの、この上なく純粋な白さのもの。なめらかで、固く、手ざわりがよく、軽い。波になめられた、暗い色をして、きらきら光るものがところどころちりばめられている砂の上に、それは日の光を浴びて輝いていた。わたしはそれを取り上げた。その上に息を吹きかけた。それをわたしの服の袖でこすった。すると、その特異なかたちが、わたしの他の思考の一切を停止させてしまった。だれがおまえをつくったのだ？　わたしはそう考えた。おまえは何ものにも似ていない、しかもおまえは不定形ではない。おまえは自然の戯れなのか？　おお、名前もなく、海が昨夜放棄した屑にまじって、神々の手でわたしのもとに届いたものよ。

パイドロス　その物体はどのくらいの大きさだったのです？

ソクラテス　だいたいわたしの握り拳くらいだった。

パイドロス　そしてどんな材質で？

ソクラテス　そのかたちと同じ材質、つまり疑惑の材質だ。それはもしかしたら、海底の細かな砂によって奇妙なかたちにすり減らされた魚の骨だったのか？　それとも海の彼方のだれか職人によって、何か知れぬ用途のためにつくられた象牙細工だったのか？　見当もつかない……　もしかしたら、船を沈没から守るためにつくられ、その船もろともに滅んだ守護神の像なのか？　それにしてもこれの作者はだれなのか？　ある観念に従った人間がつくったのか。その彼がみずからの手で、材質とは無縁の目的を追って、この材質に襲いかかり、搔き削り、切除し、あるいは接合する。それから手を休め、あれこれと判断し、そして最後に作品から手を離す、――何かが彼に制作は終わったと告げたのだろうか？……　それとも、それはある生きた肉体がみずから行った営みで、それと知らずに自分自身の実質に働きかけ、みずからの器官とみずからの甲羅、殼、骨、防御物をみずから盲目的につくったのだろうか、みずからの周囲から何らかの栄養物を汲みあげて、いくばくかの持続をみずからに保証する神秘な構築へとその栄養物を協力させたのだろうか？

しかし、おそらくはこれは無限の時の産物に他ならなかったのだろう……　海の波の永遠の作用によって、岩の断片があらゆる方向で転ばされ突きあたって、かりにその岩が硬軟不均等な物質からなり、ついには全体が丸くなるという心配がなければ、何か注目すべき外観を見せることも充分にありうる。まったく不定形な大理石か石の塊が、波の絶えざる動揺に委ねられ、いつの日か別種の偶然で引き出されてみると、こんどは太陽神《アポロン》に似通った姿を示すということも、完全に不可能というわけではない。わたしの言う意味は、この神の顔について何らかの観念をもっている漁師が、海から引き上げた大理石の上に、たまたまその顔を認めることもあるだろう、ということだ。だが、そのもの自体としてみれば、神の容貌は、海の作用が否応なしにあたえる一連のかたちのうちの一時的なひとつのかたちに他ならぬ。数世紀を無償で使えるならば、その数世紀を自由にできる者は、自分の好きなものを好きなものへと変えられる。

パイドロス　だがそうだとすれば、親愛なるソクラテス、芸術家が何かしかじかの胸像(たとえばアポロンのそれ)を、短いあいだに、しかも一貫した意志でつくるとき、その芸術家の営みは、いわば、際限のない時の反対ではないですか?

ソクラテス　そのとおりだ。彼の営みはまさしくその正反対になる、まるである思考に照らしだされた行為が自然の運行を短縮させるとでもいうように。したがってひとりの芸術家は十万年にも千万年にも、さらにまたそれ以上にも値いすると、まったく自信をもって言うことができるのだ！――つまり、わが卓越した人物がごくわずかな日数で完成させたのと同じものを、知らず知らずのうちにあるいは偶然が盲目的に仕上げるためには、ほとんど考えもおよばない時が必要だっただろうということになる。これは作品を測るための風変わりな尺度だよ！

パイドロス　まったく風変わりです。わたしたちがめったにこの尺度を使うことができないというのは、大変に不幸なことです……　ところで、あなたは手のなかのものをどうなさいました？

ソクラテス　わたしはしばらくのあいだ、さらにまたちょっとのあいだ、そのものをためつすがめつ眺めてみた。わたしはそれに問いかけたが、何かある答に留まることはなかった……　この奇妙な物体は生命の営みの所産なのか、あるいは芸術作品なのか、それともまた時の所産なのか自然の戯れなのか、わたしには見きわめることができなかった……　そこで、わたしはいきなりそれを海に投げ戻した。

パイドロス　水しぶきが立ち、そしてあなたはほっとなさった。

ソクラテス　精神はそれほど容易に謎を放棄しないさ。魂がもとの平静さに戻るのは、海のように簡単ではない…… 生まれたばかりのこの疑問は、わたしの魂のなかで、助成金にも不足はなく、反響にも余暇にも空間にも不足はなかったのでみるみる成長しはじめ、数時間ものあいだ、わたしを試練にかけた。わたしがどれほど気持よく大気を吸い込み、ひろがる海原の輝かしい美しさに眼を愉しませても、それでもひとつの思念の虜となっている感じはやまなかった。わたしのさまざまな思い出がこの思念にいろいろと実例を供給して、思念はそれを自分に有利に利用しようと試みるのだった。わたしの提供した実例はおびただしい数のものだった、というのも、そのころのわたしは、省察をめぐらし、思索をある方向へと引き寄せてゆくすべに、まだたけてはいなかったので、まだあまりにも若い真理、長い訊問の手厳しさに耐えるにはあまりにも繊細にすぎる真理から、何を要求すべきか、何を要求してはならないかを予測することができなかったのだ。

パイドロス その、じつにこわれやすい真理というものをすこし考えてみましょう……

ソクラテス それについて、きみを面白がらせる勇気が出ない……

パイドロス でもあなたのほうから口火を切ったのですよ！

ソクラテス　そう言えばそうだ。そのころのわたしはその真理を、ひとに示すことのできるもっと立派なものと思っていた……　だがいま、その真理に近づき、まさにそれを口に出そうというときになって、急に恥ずかしくなった、わたしの黄金時代のその素朴な産物をきみに知らせるとなると、何か羞恥を感じてならない。

パイドロス　何という自尊心！　わたしたちが亡霊であることを、あなたは忘れておいでだ……

ソクラテス　それでは言うが、わたしの無邪気な考えというのはこうなんだ。わたしにはどうしても正体の知れなかったその物体、どんな分類にも入るし、同じくどんな分類も受けつけないその物体にほとほと当惑して、わたしは自分の発見の苛だたしい姿から逃れようと試みたのだ。そのためには、困難そのものを逆に増大させるという迂回路を通る以外にどうしようがあるというのだろう？　結局のところ、とわたしは心につぶやいた、たまたま見つけたこの物体からもたらされた当惑と同じことが、何か既知の物体についても考えられる。だが、既知の物体の場合は、すでに知っているものなのだから、わたしたちは問いと答をともに所有している。というかむしろ、わたしたちはとりわけ答を所有していて、それを感じているから、わたしたちは問いを提出することを怠ってしまう……　そこで、わたしが家屋とか机とか壺といった、ひどく身近なものを注視すると仮定してみてくれたまえ。そしてそのわたしが、まったくの野蛮人で、そういった物体を見たことがない人間だというふりを、しばらくのあいだ装うと仮定してみてくれたまえ。そうすると、わたしがそれらの物体は人間の手になるのかどうかを疑うということもありえよう……　それらの物体が何の役に立ちうるのかもわからず、だれかに何かの役にたっているかどうかさえもわからない。しかも教えてくれるひともひとりもいないとすれば、わたしは何とかしてそれらの物体に関してわたしの精神を落ち着かせる手段を考えださねばなるまい……

パイドロス　そうして、何を考えだしたのです？

ソクラテス　自然によって産出されたものと人間によって生産されたものとを区別する手段を探しては見出し、見失ってはまた見つけだしたりして、わたしはしばらく、かずかずの啓示のなかで眼うつりをしながら、同じ場所にたたずんでいた。それからわたしは、内陸のほうへと、ひどく足早に歩きはじめた、ちょうどさまざまな思考が、長いあいだ、ありとあらゆる方向へと動揺したあげくに、ついに向かうべき方向を見出し、それらの思考がただひとつの思念へと統合され、同時にみずからの身体のために、確乎たる運動の決断と決然たる歩調を産みだしたと思える、そんな人間のように……

パイドロス　よくわかります。不意に湧いた観念が、たとえどれほど抽象的なものだろうと、わたしたちに翼をあたえ、どこへでも連れていってしまうということに、わたしはいつも感心していました。足を停める、それからまた動きはじめる、これが考えるということです！

ソクラテス　そしてわたしは、なかば駆けながら、こう論証を進めた。葉の生い繁った樹は自然の産物だ。それはいわば葉と枝と幹と根とが部分をなす建物だ。これらの各部分のひとつひとつが、わたしにある複雑さの観念をあたえるものだと想定する。するとこの樹の全体はその諸部分のうちの任意の一部分よりもいっそう複雑だということになる。

パイドロス　それは明々白々です。

ソクラテス　いや、とうてい明々白々とは思えない……　だが、当時わたしはやっと十八歳で、確実なもの以外は知らなかったのだ！――つまり樹はしかじかの部分を含むから、その各部分の多様な複雑さを含み、引き受けることになる。そしてこれは一匹の動物についても同じで、全体というものの複雑さとは、多様な部分のそれぞれの複雑さをいわば部分として含むものであるからには、その動物の身体全体は足なり頭なりよりも複雑である。

パイドロス　わが親愛なるソクラテス、つまりひとは一本の樹を一枚の葉の部分として、ないしは根の付属品として想い描くことはできない。馬をその腿の器官ないし部分として想い描くことはできない……

ソクラテス　わたしはすぐさまこう推論した、そうしたすべての存在において、全体というものの段階は必然的に細部の段階より高い、あるいはむしろ前者は後者と等しいかより高いことはありえても、低くはない、と。

パイドロス　お考えはなかなか明快だと思えますが、どうもその段階という言葉がはっきりと理解するのがむずかしい。

ソクラテス　わたしが十八歳だったということは繰り返して言ったじゃないか！　わたしは、部分部分の、ひとつの存在を形成するように集められたいろいろな要素の、秩序と配分とに見られる段階ということを、自分にできるかぎりの仕方で考えていた……ところが、わたしの挙げた存在はすべて自然の産出した存在だ。それらは、それらをつくる素材、それらの帯びる形態、それらの含む作用、それらが場所や季節と和解するときの手段などが、おたがいのあいだで、眼に見えぬうちに、ひそかな関係に結ばれているようにして、成長してゆく。これがおそらく、《自然の産出した》という言葉の意味するところだ。

ところが人間の作品である物体の場合は、事情はまったく異なってくる。それらの物体の構造は……無秩序なのだ！

パイドロス　どうしてそうなるんですか？

ソクラテス　きみが何かを考えているとき、きみは自分がひそかに何ごとかをかき乱していると感じないだろうか、きみが眠りこむとき、きみはその何ものかがそれなりに整ってゆくままにしていると感じないだろうか？

パイドロス　さあ、どうもわたしには……

ソクラテス　まあ、どうでもいい！　あとをつづけよう。建築をする人間、何ものかを制作する人間の行為は、その行為によって変えられる実質の《すべての》性質など気にかけず、それらのうちのいくつかだけを考慮に入れる。わたしたちの目標にこと足りるもの、これがわたしたちにとって重要なのだ。雄弁家にとっては言語の効果を駆使できれば、それで充分だ。論理家にとっては言語のなかのさまざまな関係と言語の一貫性だ。一方は厳密さをおろそかにし、他方は文飾を無視する。これは物質の世界でも同じで、車輪や扉や水槽は、一定の堅牢性、一定の重さ、調整や作業のための一定の扱いやすさを要請する。そしてもし栗の材木と楡《にれ》の材木と樫の材木とが、それらをつくるために同等に（あるいはほぼ同等に）適しているならば、車大工や指物師は、費用を考えるだけで、それらの材木をほとんど差別なしに使用するだろう。だがきみは、自然界ではレモンの樹が林檎を産み出すのを見ることはない、たとえその年は林檎のほうがレモンよりも実りやすいとしても。

ねえきみ、人間は抽象によって制作するのだ。自分の扱うものの性質の大部分を無視するか忘れるかして、ただ明晰にして判明な諸条件だけを大事にするのだが、それらの条件はたいていの場合、ただ一種類の素材によってではなく、さまざまな種類の素材によって同時に満たされる。人間は牛乳や葡萄酒や水やビールを、器は金でもガラスでも象牙でも縞瑪瑙でもかまわずに飲む。その器が幅のひろいものだろうと、ほっそりしたものだろうと、葉のかたちをしていようと、花のかたちをしていようと、脚の部分が異様にねじれていようと、飲む人間は飲むこと以外はほとんど気にもとめない。この杯の制作者にしても、その素材とその形態とその機能などを、たがいに大まかに調和させることしかできなかった。というのも、これら三つの要素の緊密な従属関係や深遠な結合関係は、能動的なものとしての自然によってしか産みだされないからだ。職人は、自分がかたちとして模倣しようと思っている頭のなかの観念に、また予想している用途に素材を適合させようとして、素材に力を加えることで、ある秩序を破り、ないしはかき乱すことになる、そうしなければ作品を制作することはできないのだ。したがって職人が制作する物体は、どれもこれも否応なしに、全体としての段階が部分部分の段階につねに劣ることになる。職人が机をつくる場合、この家具の部分部分の組合せは、用材の繊維の組成ほど複雑ではない寄せ集め細工であり、彼はある樹から切り取った部分を、大まかに、その樹とは無縁な秩序にしたがって寄せ集めるのであって、切り取られた部分そのものは、もともと別個の関係内において形成され、成長してきたものなのだ。

パイドロス　そういう無秩序について、奇妙な例が頭に浮かびました。

ソクラテス　どういう例かね?

パイドロス　用兵術において、多数の個々の兵士たちを戦列に加える訓練をするとき、その個々の兵士たちを否応なしに従わせる秩序、あの感歎すべき秩序です。親愛なるソクラテス、覚えていますか、若者たちを軍隊的な服従に、そしてまた一糸乱れぬ行動に慣れさせるための、整列の訓練や密集隊形や散開隊形を組む訓練に費やされた日々のことを？

ソクラテス　ヘラクレス(28)の名にかけて！　わたしは兵士だったし、それも優秀な兵士だった。

パイドロス　そこでです、わたしたちが埃の舞う平原で組んだ、あの槍の立ち並んだ長い列、恐るべき厚みをもったあの密集方陣、武装した兵士たちによるあの長方形、それらは単純きわまる形象ではなかったでしょうか？　それらの形象をつくっていた要素のひとりひとりは、ひとりの人間というこの上なく複雑な対象であったのに対して。しかも、それらの人間たちのなかには、幾人ものソクラテス、幾人ものフェイディアス、幾人ものペリクレス、幾人ものゼノン(29)などの、普通の人間の複雑さに、彼らが精神のなかに抱いている宇宙のあらゆる複雑さが加わるような人びとが、すばらしい要素として存在していたのです！

ソクラテス　きみの挙げた例はなかなかいい。わたしは、軍隊のなかの単純な一単位、他と何の区別もつかぬ部分としての役割を、豊かで多様なわたしの魂に納得させるために、ときに自分の理性に訴えねばならなかったことを覚えている。つまりきみは、秩序と無秩序とをしかるべく扱えば、たくさんのことの説明がつく、あるいはすくなくともたくさんのことを結びつけてくれるということがわかったわけだ。

パイドロス　わたしにはよくわかりました、海岸で見つけた例の物体、あなたでなければすこしの注意も払わなかった物体がきっかけとなって、あなたの若々しい天才が、たちまちのうちに、きわめて重要でしかも単純きわまる差異の考察へと高まったということが。ごくつまらない出来事から、あなたは引き出したのです、人間の創造物は二種類の秩序の闘争に、そのひとつは自然の秩序、あたえられたものとしての秩序であり、残るひとつは人間の欲求および欲望の行為としての秩序で、この二種類の秩序の闘争に還元されるという思想を引き出したのです。

ソクラテス　わたしはそう信じた。人間は自然全体ではなく、ただその一部分を必要としている。もっとひろい考え方をして全体を所有したいと望むのが哲学者だ。だが人間は生きることしか望んでいなくて、鉄も青銅も《それ自体として》必要とするのではなく、あるしかじかの硬さ、あるしかじかの可延性を必要としているにすぎない。人間は、そうした硬さや可延性を、それが存在するところ、つまり何らかの金属のなかに求めなければならないが、その金属は他にも人間の当面の必要とは無関係なさまざまな性質をもっている……　人間は自分の目的しか見つめない。釘を打ち込もうと思えば、石でその釘を打つ、鉄や青銅でできた槌で打ってもいいし、あるいはとても固い木でできた槌でもかまわない。彼はすこしずつ何回かかけて、あるいはもっと力をこめてただ一回打つだけで釘を打ち込むのだし、ときには釘をつよく圧《お》しこむことだってある。やり方はどうだってかまわない。結果は同一であり、釘は打ちこまれている。だが、この行動の筋道を辿るのに気をくばるのではなく、個々の状況を検討するとなると、ここで問題にしている操作はそれぞれ完全に別個のもの、たがいに比較することのできぬ現象と見えてくる。

パイドロス　あなたが建設することと認識することとのあいだでどれほどためらったのか、どうやらわたしにもいまわかってきました。

ソクラテス　人間であるか精神になるか、そのどちらかを選ばねばならない。人間が行動できるのは、ただただ彼が知らずにいることができ、人間の特異な奇癖である認識[30]の一部分で満足できるからに他ならない、つまりこの認識というものは必要以上にすこし大きすぎるのだ！

パイドロス　しかし、そのわずかな過剰がわたしたちを人間たらしめている！

ソクラテス　人間だって？……　とすると、きみは、犬は用がないから星を見ないとでも思っているのか？　なるほど犬の眼には地上の事物が知覚できれば、それでこと足りよう。だが、犬の眼は、天体や夜空の荘厳な秩序を感知できないほど、過不足なく純粋な実用性だけに適応しているわけではない。

パイドロス　犬は飽きることなく月に向かって吠えますからね！

ソクラテス　そして人間たちも、数知れぬやり方で、この無限の空間の永遠の沈黙におびえて[31]、それを何ものかで満たそうとしたり、それを破ろうとしたり努力しているではないか？

パイドロス　あなた自身の生涯がそのために使いつくされました！……　しかしこのわたしは、あなたの内部にあったあの建築家の死をどうしても諦めきれません、あなたはたったひとつの貝殻についてあまりにも深く瞑想に耽ったために、その建築家を圧殺してしまった！　あなたのような驚くべき深さと明敏さがあれば、ソクラテスよ、あなたはもっとも高名なわが国の建築家たちを凌駕したことでしょうに、イクティノスも、メガラのエウパリノスも、クノッソスのケルシプロンも、コリントスのスピンタロスも[32]、アテナイの人ソクラテスと肩を並べることはできなかったでしょうに。

ソクラテス　パイドロス、お願いだ！……　いまのわたしたちをつくっているこの微妙な物質では、わたしたちは笑えないのだ。笑わねばならぬと感じても、笑えないのだ。だから、よしてくれたまえ！

パイドロス　しかし笑いごとでなく、ソクラテスよ、建築家だったらあなたは何を造られたでしょう？

ソクラテス　わかるわけがない……　わたしにわかるのは、ただ、どんなふうにわたしが自分の思考を導いていったか、ということだけだ。

パイドロス　せめて、そうしたあなたの思考を、あなたの建築しなかった建物の、せめて入り口のところまで導いてください。

ソクラテス　それには、ついいましがたきみに語ったような夢想の論証をつづけてゆくだけでよかろう。わたしたちはこう言った、――あるいはだいたいのところ、こう言った――眼に見える一切の事物は三とおりの産出方式ないし生産方式から出てきていて、しかもこの三つの方式は入り交じり、交錯しあっている……　まず第一の方式は、ある岩の断片とか、そこかしこに草の生えた、どこにでもある風景などに見られるように、主として偶然を示している。第二の種類のものは、――たとえば植物そのものとか、動物とか、紫色の結晶面がふしぎに凝集している岩塩の塊のように、それらが潜在的に含まれているように思えるある持続のなかで、確実で盲目的な同時的成長を想い抱かせる。まるで、この種類のものがやがてそうなる姿は、それらがかつてそうだった姿を待っているとでもいうように。また、この種類のものは周囲のものと調和を保ちながら増大してゆくとでもいうようだ……　最後に人間の作品がくる、――こうした自然や偶然をいわばつらぬき、それらを利用し、また、ついいましがたわたしたちの言った考え方に従えばそれらを犯し、それらによって犯される人間の作品が。

ところで、樹は枝や葉をつくりはしないし、鶏も自分の嘴《くちばし》や羽根をつくりはしない。そうではなく、樹とそのすべての部分、鶏とそのすべての部分は、建築とは離れていない原理そのものによってつくられてゆく。つくるものと、つくられるものとは不可分だ。これはあらゆる生命体、ないし結晶のような半＝生命体についても同じである。それらを産みだすのは行為ではない。また、行為をどのように組み合わせても、それらの生成を説明することはできない。というのも、行為はすでに生命体を前提としているのだから。

また、これらのものは自然に発生したと言うこともできない、――自然発生という語を用いるなど、単純に無能の告白でしかないのだ……

さらに、わたしたちはまた、このようなものが存在するためには、その周辺に無数のものが不可欠だと知っている。それらは、あらゆるものに依存している、あらゆるものの作用だけでは、それらのものをつくりだすのは不可能だと見えるけれども。

ところで、人間のつくる物体はというと、ある思考にもとづく行為によってできあがる。

原理は建設から分離され、そしてそうした原理がいわば外側にいる暴君によって物質に強制されるのであり、その暴君は行為によって原理を物質に伝えるわけだ。自然の営みにおいては細部と全体の区別がない。そんな区別はなく、自然はみずからと結びつき、小手調べも、やり直しもなく、モデルも特別な目標もなく、留保条件もなしに、あらゆる方向に同時に成長するのだ。自然は計画とその実行を分割することはない。自然は障害を無視して直進することはけっしてなく、障害があればそれと妥協し、自分の運動に混ぜあわせ、障害を回避し、あるいは利用する。まるで、自然の選ぶ道、その道を進む当のもの、その道を踏破するのに消費される時間、その道で出会うさまざまな困難そのものまでが、すべて同一の実質からなっているかのようだ。ひとりの人間が腕を振り回す場合、その腕とその仕草は区別されるし、仕草と腕とのあいだに、純粋に可能性の領域での関係を想い抱くことができる。しかし、自然の側から見れば、この腕の仕草と腕そのものとを分離することはできない……

パイドロス　そうだとすると、建設するとは分離された原理によって創造するということになるのですね？

ソクラテス　そのとおり、人間のなすことは、二種類の時間のなかで創造することであり、そのうちの第一の時間は純粋な可能性の領域に流れる。あらゆるものを模倣することができ、それらをたがいに無限に結合させることの可能な微妙な物質のなかを流れる時間だ。第二の時間は自然の時間だ。それはある仕方で第一の時間を含み、また別の仕方で、第一の時間のなかに含まれる。わたしたちの行為はこれらふたつの時間を分かちもつ。計画はたしかに行為とは分離されており、行為は結果と分離されている。

パイドロス　でも、どうやって分離を想い抱くことができるのですか、そしてどうやって原理を発見できるのですか？

ソクラテス　原理はかならずしも、わたしの言ったように判明なものとはかぎらない。それに、どんな人間にも同じように判別できるというわけでもない。だが、きわめて簡単でごく素朴な反省をしてみるだけで、その概略は充分に理解できるだろう。人間は、〈全体〉のなかに、大きく言って三つのことを識別している。〈全体〉のなかに人間は自分の身体を見出し、自分の魂を見出し、そしてその他の世界が残るわけだ。これら三つのあいだに絶えざる交渉がなされ、ときには混同さえもが行われる。しかし、これら三つがたがいに明確に区別されぬままに、ある一定の時間が流れるということは断じてない。いわばそれらの混淆は持続できないのだし、こうした分割が必然的にときおり目覚めねばならぬ。

パイドロス　眠っている人間は、ときおり自分の脚を石だと思いちがえ、休息しているのに運動をしていると思いちがいをしかねません。彼は自分の欲望を光だと思ったり、自分の血の脈うつ音を神秘な声だと思いこみ、自分自身の顔に一匹の蠅がかすめた感覚から、おじけをふるうような顔に自分が追いかけられていると思ったりするのです……だが、こんなことは実際にはみんな長続きはしない。眼が覚めると、睡眠中の過去は魂だけに残されて、身体からは遠くに離れてしまう。彼はすべてのものを改めて分割して、自分の原理に従って自分を建て直すのです。

ソクラテス　だから、こう考えるのが正当なのだ、――人間による創造は、自分の身体のためになされるか、自分の魂のためになされるかのいずれかで、前者は実用性と名づけられる原理にもとづき、後者は美の名のもとに人間が求めるものだ。しかし他方で、建築ないし創造をする者は、世界の他の部分や自然の運行にかかわり、しかも世界の他の部分にしても自然にしても彼のつくるものをたえず解消させ、腐敗させ、あるいは倒壊させてゆく傾向があるのだから、彼は第三の原理を認めてそれを自分の作品に伝えようと努めないわけにはいかない、そしてこの第三の原理は、彼の作品が、やがては滅びるその宿命に抵抗を対立させようという望みを表明しているのだ、つまり彼は堅牢性ないしは持続を探究することになる。

パイドロス　たしかにそれは完璧な作品の重大な要素ですね。

ソクラテス　建築だけがそれら三つの原理を要請するし、建築だけがそれらを最高度の地点にまで到達させる。

パイドロス　わたしは建築をもっとも完璧な芸術だと見なします。

ソクラテス　こうして、身体は、実用性のあるもの、あるいは単に便利なものを望むようにわたしたちに強いてくるし、魂はわたしたちに美を要求する。しかし、残りの世界およびその世界の法則と偶然とは、あらゆる作品において、堅牢性の問題を考察させるのだ。

パイドロス　しかしその三つの原理はあなたがあたえている表現では、それぞれじつに劃然としていますが、じつはいつも入り交じっているのではないでしょうか？　美の印象が正確さから生まれたと思えたことがときにありましたし、一種の官能性が、ある事象と、その事象が果たすべき機能とのほとんど奇蹟的な適合から産みだされたと思えたこともありました。こうした適合性の完成された姿から、わたしたちの魂のなかで、美と必然とのあいだに何か姻戚関係があるのではないかという感覚が触発されるということも、ときにあります。そしてまた、問題の複雑さに比較しての、結果の最終的な容易さや簡潔さが、わたしたちに何か知れぬ感激をあたえたりすることもあります。思いもかけぬ優雅さはわたしたちを陶酔させるものです。そのようなみごとな出来ばえの制作には、有用性を表さぬものは何ひとつありません。それらの制作は、獲得すべき効果に関するさまざまな要請からもっぱら演繹されたもの以外は何ひとつ留めておりません。しかし、このような純粋な演繹ができるためには、ほとんど神の力が必要だったように感じられます。世のなかには構造が異様なほど明快で、まるで白骨のように明確な、そして白骨のように行為と力を待っているのみで、それ以外の何ものでもない驚くべき道具があります。

ソクラテス　そのような道具は、いわばおのずからできたものだ。幾世紀にもおよぶ使用の結果として、必然的に最良の形態が見出されたのだ。数えきれぬほどの実践の末に、ある日、たまたま理想に到達し、そこで停止する。無数の人間の無数の実験が、もっとも経済的でもっとも確実な形態へと、ゆっくりと収斂してゆく。この形態に到達すれば、みんながそれを模倣する。そうしてつくられた何百万ものこの形態の模写は、何十億にものぼるそれ以前の複製に永遠に対応しながら、それを覆い隠してしまう。こんなことは詩人たちの気まぐれな芸術にも見られるもので、なにも車大工や金銀細工師等々の使う道具だけにかぎらない。もしかするとパイドロスよ、だれが知ろう、神を探究する人間の努力、勤行、お祈りの勤め、もっとも有効な祈りを見出そうとする執拗な努力が……、だれが知ろう、死すべき者たちが――神についての確信そのものではないとしても――ひとつの確信を、あるいは自分たちの本性に正確に一致した安定した不確信をいつかは見出すのではないかということを。

パイドロス　たしかにまた、ごく手短な、なかにはたった一語で終わるような言説でありながら、じつに充実した言説で、その明晰な力強さのうちに一切のものにいかにも深く答えているために、数年にわたって心の内部でつづけられた論議や秘密の選択を集約しているように見えるものがあります。それらの言説は、至高の行為同様に分割できないし、決定的です。人間たちはこれらのいくつかの言葉によって長いあいだ生きてゆくでしょう！…　そして幾何学者たちはどうでしょうか？　あなたはお考えでしょうか、幾何学者たちにはこのような種類の美に関する独特な探究が、すばらしい実例があるのではないかと？

ソクラテス　そういう探究こそ彼らのもつもっとも貴重なものではないか！——幾何学者たちは、もっとも普遍的な真理を結びつけることによって、彼らの追究している個々の目的のひとつひとつへと向かってゆく。そういう真理を彼らは、はじめは、何の下心もなく結びあわせ、組み合わせているかのようだ。彼らは彼らの意図を隠蔽し、現実の目標を隠している。はじめのうちは、彼らがどこに辿り着こうとしているのかわからない。なぜこの線を引くのだろう？　なぜわたしたちにこの命題を想起させるのだろう？…　なぜこれをし、これはしないのだろう？——もはや最初の問題などには関係がない。まるで彼らはそれを忘れてしまったかのようで、論証の彼方へと迷いこんでいるかのようだ……　だが、突然、彼らは単純な考察を述べる。すると鳥は雲間から落ち、獲物は彼らの足もとにころがっていて、そしてわたしたちが、彼らは何をしようとしているのだろうかといぶかっているのを尻目に、すでに彼らは微笑を浮かべながらわたしたちを眺めているのだ！

パイドロス　軽蔑とともにですね。

ソクラテス　この芸術家たちは謙虚にしている理由がない。彼らは実際上の必要と人為的な技巧とを分かちがたく混ぜあわせる手段を見出したのだ。彼らは理性の軽業のような芸当と幻惑を考案する。最大の自由が最大の厳密さから生まれるのだ。だが彼らの用いる秘訣となると、かなりよく知られている。彼らは、他の芸術家たちが自然を相手に戦っているのとはちがって、自然をもうひとつの自然、第一の自然から多少とも引き出されたものだが、すべての形態と存在とが結局のところ精神の行為に他ならないような、その名前によって明確に限定され、保全された行為に他ならないような第二の自然に置き換える。この本質的な方法で、彼らはそれ自体として完璧ないくつかの世界を構築するのだが、それらの世界はときには考えられないほどわたしたちの世界から遠ざかっているかと思うと、ときには部分的には現実と一体化するほど、わたしたちの世界に接近する。

パイドロス　そして極度の思弁がときに実践のための武器を供給することもある……

ソクラテス　彼らの能力のこうしたひろがりは、前にも話したあの建設方式の勝利そのものだ。

パイドロス　分離された原理による？

ソクラテス　分離された原理によって建設する方式だ。

パイドロス　思弁的なものごとにおいてならば、そのような原理、そのような分離はわかります。けれど、現実もまたそうした区別に適合するでしょうか？

ソクラテス　そう簡単にはいかないさ。すべて感知できるものは、いわば、いろいろなやり方で存在している。現実的なものはすべて無限の帰結につながり、無数の機能を果たしている。それは、あるひとつの思考の行為が内包しうるよりもずっと多くの性格と帰結とを、みずから運びもっているのだ。だが、あるいくつかの場合、そしてある時間のあいだ、人間はじつに数多くのこの現実を支配下に置き、そしてそのことでいささか勝ち誇っているのだ。

パイドロス　ピレウスで同じことを聞いたことがあります。ひどく辛辣な口をきく男がそれとほとんど変わらないことを言っていました。自然をたぶらかさねばならぬと露骨に言うのです。そして場合によっては、自然を束縛するために自然を模倣するとか、自然を自然自体に対立させるとか、自然の神秘を暴くような秘密を、自然から奪わねばならぬと言うのです。

ソクラテス　するときみは、エウパリノスのような人物を何人も知っていたんだね？

パイドロス　わたしは生まれつき技術者に関心が深いのです。観念と行為とが的確に問いかけあい、答えあっている人びとを、わたしは熱心に求めます。ピレウスでわたしに話をした〈わが賢人〉はふしぎなほど複雑なフェニキア人でした。彼ははじめシチリア島で奴隷でした。奴隷の身から、彼はどういういきさつか一艘の船の持ち主となり、船乗りから船修理工の親方になりました。船体の修理に飽きると、古い船体は放棄して新しい船体に移り、造船家としての地位を確立しました。彼の妻は夫の仕事場のそばに居酒屋を経営していました。わたしは、この男ほど多様な手段に恵まれ、策略にたけ、自分に関係のないことに好奇心を抱き、それを自分に関係する事柄に利用する……　そういうことに彼ほど巧みな人間を見たことがありません。彼はあらゆることを、実行とそのための手続きの関係という唯一の観点から検討するのです。悪徳や美徳でさえ、彼にはそれぞれ個々の時間と優雅さをもち、機に応じてなされるべき仕事なのでした。彼

は言ったものです。《ときには沖に出たり、ときには岸辺の間近にくる。要は適切に航海することさ！》

さだめし彼は海難で何人ものひとを救ったにちがいないし、淫売宿や海賊同士の面倒な取引で起こったいざこざで何人も殺したにちがいないと思います。しかも、どれもこれも、あざやかな手際で！

ソクラテス　その男の亡霊がまさかイクシオン(33)の家のあたりにいるんじゃあるまいね！

パイドロス　なあに！　うまく切り抜けてしまいますよ……　あの男はあわてふためいたことが一度もないのですから。彼はいつも心に繰り返していたものです、がんばれ！　がんばれ！　と……　何とも立派な男でした！…　後悔したことなど一度もなく、ひとを非難したことも一度もなく、そら頼みなんかまるでしない……　すべて実行あるのみで、しかも現金取引でした！

ソクラテス　その悪党がわたしたちの議論に何の関係があるのかな？

パイドロス　いま話しますよ、この愛すべき男がわたしたちにどんな助力をあたえてくれるか！　いいですか、よろこばしい人ソクラテスよ、彼は、どんな頭にも付いていないほど鋭敏で奥深い耳の持ち主でした。この入り組んだ迷路にまぎれこもうものなら、すべて、ひどく貪婪《どんらん》な怪物の餌食になってしまいます。この大きな貝殻のなかにひそんだ獣は、明確なものなら何でも喰ってわが身を肥えふとらせました。さて、いったいどれほど多くの言語やものごとのこつを、この獣は消化したことか！　どれほど多様な英知を、この獣はよりぬきの実質へと変化させたことか！　おびただしい他の脳髄をすりとったのです！　空っぽになった数多くの精神の残骸や抜けがらに、この獣が囲まれているありさまを、わたしは想像していたものです。

ソクラテス　蛸《たこ》の話を聞かせようというのかい！

パイドロス　でも、波の厚みのなかで足を鞭のように振りまわしている蛸は、そうやって、生き物がいっぱい棲んでいる海の水のなかをたずねあさり、選びだし、跳躍して、自分にふさわしいものを眼もくらむような速度で捉えるわけで、じっと動かない海綿などより百倍も活き活きした生物じゃあないでしょうか？　海綿と言えば、アテナイの柱廊の下に永遠に張りついたまま、周囲にただよっているすべての意見を苦もなく呑みこんではまた吐きだしている海綿どもを、わたしたちはどれほどたくさん知っていたことでしょう。言葉にぐっしょり浸った海綿ども、ソクラテスだろうとアナクサゴラスだろうとメレトス(34)だろうと無差別に、いちばん最後に話した者の言葉を吸いこんでいる海綿ども！…　海綿と阿呆は、おおソクラテスよ、何にでもくっつくという共通点があります。

ところでわが海の子、永遠に男たちに呼びかける大評判の娼婦につよく心を惹かれていたこの息子は、自分自身にとって最良のものに接近し、それを同化してしまったのです。驚くべき冒険、まぎれもなく奇蹟的な漁から戻ってきたこの男、気候風土のちがいによって、つぎつぎと色蒼ざめたり、真っ黒くなったり、また金色になったりしたこの男、めったに出会わない流れ星をみずからの眼で観察し、この上なくぬけめない魚もたぶらかし、どれほど冷酷な商人たちも籠絡し、もっとも不実な女たちも丸めこみ、またあちらでもこちらでも、報酬のことでは――あたえるべき、あるいは……受けとるべき――報酬のことでは、かずかずの海千山千の娼婦たちを相手に値切っていたこの男が、信じられますか？　危険から帰ってくると、この上ない堕落から立ち直って、かねて尊敬すべきことを学んだ学者や賢人や学識豊かな人びとと話しにでかけていくのです。

ソクラテス　どこで彼はそのような生き方を学んだのかな？

パイドロス　海上です。海上で、陸地を遠くはなれ、ひとりぼっちになったとき、船は一軒の家の屋根の上に置き去りにされた盲人のようなものですから、こうした賢者たちから聞いた忠告のひとつが救いの合図となるということがあるのです。突然何か惑星が見えてきて、そして冷静さをまだ失っていない場合、ピタゴラスの言葉とかタレス(35)から聞き覚えた教訓や数が、ひとを生へと導いてくれるのです。

ソクラテス　ところで、きみの話はどこにわたしを導いてくれるのかな?

パイドロス　わたしはこのフェニキア人が造っていた木造船の話にあなたをお連れしたかったのです。そのためには、まず人物を描いてみせなければ……　せめて一度でもあなたがこの男に会ったことがあれば!　眼は赤く縁どられ、食べると危険な緑色の魚のいる、燃えたぎる海の赤銅色の海底そっくりの眼!…　ところで、親愛なるソクラテス、わたしたちは実践と理論の結婚の話をしていました。わたしは、この男の人生の有為転変、人生が彼に売りつけた教訓、彼が賢者たちから学びとった教訓などが、彼の精神のなかでどれほどたがいに結びついていたかをあなたに感じさせたいと思っていたのです。この大胆なフェニキア人は心のなかでたえず航海の問題を考えつづけていました。自分の心のなかで彼は〈大海原〉に働きかけていたのです。この不安定な宇宙、はるか遠くから星々の作用を受け、つぎつぎと押し寄せてくる大波や透明な山にうねり、周辺も定かでなければ、深みはまったく未知なこの宇宙、生きとし生けるものの源泉、しかも揺りかごのように揺れ、光に覆われた、立入禁止の墓に、いったい人間は何を対比させることができるでしょう？——彼のてきぱきとした精霊《ダイモーン》は、かつて切っ先で波を切り開いて進んだ船のうちでも最良の船を彼に建造させたいと、彼を駆りたてたのでした。しかしながら彼の競争相手たちが、現に使われている船の形を模倣するだけにとどまって、はるか昔のイアソン(36)の巨船とまでは言わなくても、ユリシーズ(37)の船のコピーを繰り返し繰り返して造りつづけていたあいだに、彼、シドン(38)の人トリドンは、彼の技術の未開拓の部分を掘り下げることをやめず、硬化した観念の集積を打ち破り、ものごとをその根源で捉え直し……

ソクラテス　大部分の人間は、親愛なるパイドロス、《出来合い》の概念ばかりでなく、だれもつくったことのない概念にもとづいて推論するものだ。だれもそれに責任をとりはしないし、したがってそういう概念は世のだれにも役に立たない。

パイドロス　だが彼は、と申しあげているのです、彼はまったく個人的な明晰な知識をみずからのために用意していたのです。

ソクラテス　そういう知識だけが普遍的たりうるのだ……

パイドロス　彼は風や海水の性質、それら流動するものの動性や抵抗を熱心に想い描いていました。嵐と凪《なぎ》の発生について、また暖流の回路や、塩水の暗い壁にはさまれて、それとすこしも混じりあうことなく、ふしぎに澄みきったままで流れる水路について、想いを凝らしていました。微風の気まぐれや方向転換、海底や狭い水路の、またむら気な河口の定めなさについて考えをめぐらしていました……

ソクラテス　はてさて！　そんなものから、どうやって彼は船を造ったのかね？

パイドロス　船というものは、いわば、海を認識することによって造られ、ほとんど波そのものによって！　かたちづくられねばならぬと、彼は信じていたのです。だが、この認識とは、じつは、わたしたちの論証においては、海そのものを、海がある物体に及ぼす諸作用に置き換えることにあります、――したがって、わたしたちにとってはこの作用に拮抗する他の作用を見つけだすことが問題であり、わたしたちのかかわるのは、もはや、力と力の均衡、どちらも自然から借用された力ですが、自然界ではどちらも有効に戦いあってはいなかったような力と力の均衡だけということになります。ところでわたしたちの能力は、この種の問題においては、形態と力とをどのように意のままにするかに帰するわけです。トリドンは、巨大な秤の一方の腕に自分の船を吊し、他方の腕では大量の海水を支える、そんな姿を想い浮かべるのだと、わたしに言っていました……——だがわたしにはその言葉がどういう意味なのか、よくわかりません…… しかもさらに、揺れ騒ぐ海はこんな均衡だけでは満足しません。動揺とともにすべてが複雑化するのです。だから彼は、船が左右に大きく揺れようと、——あるいは船が何かを中心にして別なふうに踊ろうと、吃水線から下の部分がほとんど安定したままであるような船の形態はどのようであるべきかを探究しました…… 彼はいろいろとふしぎな図形を描いていましたが、それらの図形は彼の船の秘密の特性を彼自身に明らかにするためのものでした。だが、わたしには、そこに船と関係のあるようなものは何ひとつ認められませんでした。

また別のときには、彼は海上における進行と速度を研究しました。この上なく速い魚の完璧さを真似ようと希望したり、またそれに絶望したりしながら。水面をすいすいと泳ぎ、もぐってはまた跳ねあがるその合間に海の泡と戯れる魚が、とりわけ彼の関心をそそりました。彼は、鮪《まぐろ》や海豚《いるか》について、詩人のように滔々と語りました、鮪や海豚が跳びはねたり自在に泳いだりするなかで、彼が長いあいだ生きてきたからです。彼はこれらの魚類の、まるで武器のようになめらかな巨体、前進に逆らう海水の巨大な量に圧しつぶされたような彼らの鼻づら、鉄のように固く、鉄のように鋭利で、しかし彼ら魚類なりの思考を敏感に受けとめ、気の向くままに、彼らの運命に向かって舵をとってゆく大鰭《ひれ》や小鰭。それからまた、嵐のまっただなかでの彼らの活き活きとした泳ぎぶり！まるで彼は、それらの魚類のみごとな形態が、みずからの前にある海水、前進するためには自分の背後へと押しやらねばならぬ海水を、もっとも早い道をとおって、頭から尾のほうへと導いてゆくのをわれとわが身に感じとっているとでもいうふうでした……まことにすばらしいことに、おお、ソクラテスよ、いかなる障害もあなたの進行を妨げていないとすると、進行がまったく不可能になり、あなたの産むあらゆる努力もおたがいに相殺されてしまう、あなたがひとつの方向へと進むためには、かならず同じ力で反対方向に押し返されねばならない、一方ではこういうことがあり、他方では、なくてはならぬその障害物が現実化すると、それはまたあなたの動きを妨げるように作用し、あなたの疲労を呑みこみ、時間のなかで空間をしぶしぶあなたに譲るのです。ここに到って、形態の選択が芸術家の精妙な行為となってくるのです。というのも、前進するために必要なものを障害物から奪いとり、しかも動体をもっとも妨げぬものしかそこから受けとらないということは、形態いかんにかかっているのですから。

ソクラテス　けれども、海豚なり鮪そのものを真似し、自然から直接に掠奪するということはできないのかな？

パイドロス　はじめわたしは素朴にそう信じていました。トリドンがわたしの誤りに気づかせてくれたのです。

ソクラテス　しかし、海豚とは一種の船ではないか？

パイドロス　大きさによって何もかも変わってきます。形態というものは拡大しても変わらないというほど単純ではないのです。素材の堅牢度も操舵機関も、拡大に堪えることはできないでしょう。ものの性質が数学的な比率にしたがって増大するとしても、他のさまざまな性質の増大の仕方はちがいます。

ソクラテス　トリドンはすくなくとも何か立派なものを仕上げたのだね？

パイドロス　海上に驚異的な作品がいくつか浮かんでいます。他のいくつかは、おそらく、海底に横たわって、貝殻をいっぱい身につけて、海が干上がるのを待っています。しかしわたしは、彼の造ったもっとも清楚な娘、流れるような姿をした繊細な〈友愛〉号が、処女航海に出発する夕べ、沖へと出てゆく姿をこの眼で見ました。その深紅の頬は、進みゆく水路からはねあがる接吻をことごとく受け、いっぱいに風をはらんで張りつめた三角形の帆は、彼女の腰をしっかりと波に押しつけていました……

ソクラテス　おお、〈生命〉よ……　わたしにとっては、祭司たちをぎっしりと載せて、デロス島から逆風と戦い、櫂を漕ぎながら這うようにして戻ってきた船の、黒くたるんだ帆は……(39)

パイドロス　あなたは美しかったあなたの人生を思い出すと、よほど我慢がならないんですね！

ソクラテス　パイドロス、色蒼ざめたわがパイドロス、わたしと同じ〈亡霊〉よ、もしわたしの悔恨に苦しむべき何らかの実体があるとしたら、もしその悔恨の働きに肉体が欠けていないとしたら、わたしの悔恨は果てしがないだろうと、わたしは痛感している！　わたしの悔恨は猛威をふるいはじめている、終わることはけっしてありはしない！　輪郭がくっきりと描きだされているが、色彩を帯びることはありえない！……賢者の亡霊ほど虚しいものがあるだろうか？

パイドロス　賢者でさえ。

ソクラテス　やれやれ！　たしかに賢者でさえそうだな、みずからのあとにおしゃべりな人物と不滅のまま打ち捨てられるさまざまな言葉を残すだけだからな……　いったいわたしは、他の人たちに、この上なく疑わしいことについて、わたしが彼らよりよく知っていると信じこませた以外に、何をしたというのだろう？——しかも、そう信じさせる秘訣とは、ひどい不当な裁判が引き立て役となり、数多くの友情にかこまれて従容と死に就いた、そのため空も暗くなり、自然も騒いだ、ということにあるわけだ。死を一種の傑作たらしめることほどおぞましいことがあるだろうか？…　生命はこうした不滅の死の苦悶に対して身を守ることができない。生命は純朴にも、悲劇のもっとも美しい部分は最終行の最後の言葉のあとにはじまると、否応なしに思いこんでしまうのだ！…　人間のもっとも深い眼差は空無に向けられる。〈万物〉の彼方へと注がれるのだ。

まったく、やれやれだ！　わたしは神話や霊感に満ちた言葉などよりはるかに虚偽である真理だの誠実さなどを乱用したものだ。勝手に考えだしたことをひとに教えてきた……　わたしの言葉に惑わされた魂に子供を宿させ、たくみに分娩させたのだ。

パイドロス　わたしたちみんなにとって、ひどいことを仰る。

ソクラテス　もしかりにきみたちがわたしの言葉に耳を傾けてくれなかったら、わたしの自尊心は、きみたちの思考を信服させるために何か他のやり方を探したことだろう……　建物を建てたかもしれぬ、詩をうたったかもしれぬ……　おお、思索のうちに失われたわたしの日々！　何という芸術家をわたしは殺してしまったことか！…　どれほどのものごとをわたしは軽視したことか、そのあげくにどんなものごとをわたしは産みだしたというのか！…　わたしは心ならずもわたしの精神の〈地獄〉の〈裁判官〉になったような感じだ！　わたしの話してきた名言の安易さがわたしにつきまとい、わたしを苦しめているのに対して、いまわたしはエウメニデス(40)の女神たちのために、実現しなかったわたしの行動、誕生しなかったわたしの作品を呼び起こしている、――あまりに明白なこの不在は、茫漠として巨大な罪だ、不滅のものごとが犠牲となったこの殺戮よ！…

パイドロス　あきらめなさい……　もしそんな作品をつくっていたとしたら、逆にもっと後悔が大きかったかもしれない！　失われた機会ほど美しく思えるものはないし、またこれほど辛くわたしたちを悔恨でかきむしるものもありません！　しかしわたしたちが機会を逸したのは、世界の流れをかき乱してしまうことなしには、そんな機会が捉えられなかったからではないでしょうか？

ソクラテス　世界の流れをかき乱すことこそ、わたしたちの望んでいたことなのだ！

……ほんのわずかでも自分自身であるためになら、宇宙を転倒させることをどんな魂がためらうだろう？　きみもよく知っているように、わたしたちは自分以外のものに対して、ただ自分に同意する権利以外は認めないのだ！——わたしたちはまさしく望んでいる、数しれぬ〈天空〉が、そして大地が、またあちこちの都市が、そしてまた男たちが、とりわけ女たちが、そして彼らの魂が、また彼らの力が、さらには彼らの美しさが、そしてまた動物たちや植物たちが、——いやさらに素朴にも〈神々〉までが——それら全部が全部、またそれぞれにわたしたちの欲望に適合するその美にしたがって、あるいはそれぞれがわたしたちの弱さにもたらしてくれる力に応じて——ただわたしたち一個人のための、滋養物、装飾、調味料、支持体、資源、光、奴隷、宝物、城壁、愉悦に他ならないということを！　まるでわたしたちの唯一の焔と、その焔のじつに短く絶対的な持続とは、かつてあったもの、いまあるもの、これからあるであろうものの一切を焼きつくすのに値いし、その結果として、その焔が、それに活気づけられ、貪られる存在そのものに関連する一切の愉悦、一切の知の、唯一無二の、一度かぎりの光芒を投げかけるとでもいうように！……　わたしたちは、あらゆるものが、そして〈時〉の豪奢の全体が、わたしたちの口にとっては、ただ一度頬張るだけにすぎないと信じている。そしてその逆を考えることはできないのだ。

パイドロス　お話を聴いて眼もくらむばかり、あなたは本当にわたしを茫然自失させる！

ソクラテス　わたしが何をなしえたか、わたしには見えているというのに、きみにはわからないのだ！

パイドロス　うち明けて言いますと、あなたがみずから示しているその絶望の影、あなたのいまの姿をわがものにしようとたがいに争っているように思えるあなたの悔恨の試み、それを見ると、このわたしが驚愕の亡霊になってしまいます。もし他の仲間たちがそれを聞いていたとしたらどうでしょう！

ソクラテス　彼らにはわたしの言葉がわからないとでも思うのかね？

パイドロス　この国では、ほとんどだれもが自分の過去にかなり自惚れています。極悪人たちでさえ、醜悪な名声をひけらかしています。だれひとりとして、過ちを犯したとは認めたがらない。ところがあなた、ソクラテス、その清らかな名が、ねたみぶかい怨霊たちにいまなお威圧感をあたえているあなたが、彼らにそんな悲しい告白をして彼らの同情と軽蔑をお求めになるのですか？

ソクラテス　それこそソクラテスでありつづけることではないかな？

パイドロス　ものごとを再開しようと望んではいけません……　二度つづけては成功しないものです……

ソクラテス　それ以上手厳しく言わないでくれたまえ。

パイドロス　じつを言うと、あなたの言葉にわたしの友情はいささか傷つきました。おわかりでしょう、あなたが卑下してソクラテスを失墜させると、彼にあんなにも恭しく身をささげていたパイドロスが、愚かさとこの上ない単純さの極限へと還元されてしまうのです！

ソクラテス　やれやれ、それがわたしたちの現状なのだ！　だが、それから何かを引き出してみよう。死がわたしたちにたっぷりとあたえてくれたこの厖大な暇を、わたしたちは、いまこそわたしたち自身を裁くために、飽くことなく裁き直すために使って、考え直し、訂正し、かつて起こった出来事にちがう回答をあたえようと試みるべきではないかと、きみは思わないかね？　要するに、幻想によって、非存在を忘れようと努めるのだ、生者が自分の生存を忘れようとするように。

パイドロス　虚無を背景にして、あなたは何を描きだそうというのです？

ソクラテス　アンチ・ソクラテスだ。

パイドロス　わたしには何人ものアンチ・ソクラテスが想い描けます。ソクラテスの反対は何人もいるのです。

ソクラテス　では……建設者ということにしよう。

パイドロス　結構です。アンチ・パイドロスが拝聴します。

ソクラテス　おお、わたしと永遠をともにする死者よ、欠陥なき友にして誠実さのダイアモンドたる者よ、聴いてくれたまえ。

わたしが生涯をかけて〈神〉の発見に努めながら、その〈神〉をただ思考のみをとおして追い求めたということ、その〈神〉を正と不正というふうに、はなはだ変転しやすく、きわめて下劣な感情に求めたということ、その〈神〉に、この上なく洗練された弁論術からの懇請に屈服するように迫ったこと、それはその〈神〉を有効に求めることではなかったのではないか、そうわたしは怖れている。そんなふうにして発見する〈神〉は言葉から生まれた言葉にすぎず、もとの言葉へと戻ってしまうのだ。というのも、わたしたちがみずからつくる返答は、かならずや、問いそのものに他ならず、精神に対する精神の問いかけは素朴きわまるものでしかないし、またそうでしかありえないのだから。

だが、それとは逆に、行為のなかに、そして行為の組合せのなかにこそ、わたしたちは神的なるものの現前のもっとも直接的な感覚を見出すべきなのであり、わたしたちのさまざまな力のうちの、生には無用な部分、わたしたちをかぎりなく乗り越えてゆく定義不能な事象の追究のためにとっておかれたと思える部分の、最良の使用法を見出すべきなのだ。

それゆえに、宇宙が何らかの行為の結果であるならば、そしてその行為自体も、ある〈存在〉の結果であって、その〈存在〉に属する、ある欲求、ある思考、ある知恵、ある能力の結果であるならば、ただただ行為によってのみ、きみは大いなる神意に辿りつき、一切のものをつくった創造主に倣おうともくろむことができるのだ。それこそはもっとも自然な方法で〈神〉の地位へと身を置くことなのだ。

ところで、あらゆる行為のうちで、もっとも完璧なのは建設するという行為だ。あるひとつの作品は愛を、瞑想を、きみのもっとも美しい思想への服従を、またきみの魂による法則の発見を、そしてまたたくさんの他のものを要請する、きみのほうではそんなものを所有しているとはまるで思ってはいなかったのだけれど、きみの魂がみごとにそれらたくさんのものを引き出してくるのだ。この作品はきみの生のもっとも内密なところから流れだしてくるのだが、だからといってきみ自身と合一することはない。もしこの作品に思考する力があたえられているとしたら、この作品はきみの存在を予感するだろうが、それを確定することも、明晰にそれを想い抱くこともけっしてできはしないだろう。きみはこの作品にとって一個の〈神〉となるのだ……

それでは建設するというこの偉大な行為について考えてみよう。パイドロスよ、〈創造者《デミウルゴス》〉が世界の創造に着手したとき、彼はまず〈カオス〉の混沌に挑戦したのだということに注意してくれたまえ。不定形なものの全体が彼の前にあった。そして、彼がこの深淵のなかからみずからの手でつかみとりうる一握りの物質も、かぎりなく不純で、無限の実質で構成されていないものは、ただのひとつもなかった。

彼は、無秩序がどのような細部にまでも入りこんでいるこのカオスを形成する、乾いたものと湿ったもの、固いものと柔らかいもの、光と暗闇の恐ろしい混合に、敢然と挑みかかった。彼は朦朧《もうろう》と輝くこの泥土をときほぐしたが、その泥土のなかには純粋なものはただの一粒もなく、あらゆるエネルギーがそこに溶けこんでいて、そのため過去と未来、偶発事と実体、持続可能なものと束の間のもの、近隣と遠隔、動きと憩い、軽いものと重いものとが、ちょうど葡萄酒を水で割ってコップ一杯の飲み物をつくるとき(41)のように混じりあっていた。わが学者たちはいつも自分たちの精神をこの状態に近づけようと努めているようだな…… ところが偉大なる〈造型者〉はそれとは反対の行動に出た。彼は類似の敵であり、またあの隠された同一性の敵で、彼はそういう同一性をあばきだしてはわたしたちを喜ばせるのだ。彼は不平等を組織だてた。世界という捏粉《ねりこ》に手をくだして、それを幾多の原子に取り分けた。彼は熱いものを冷たいものから分割し、夕べを朝から分割した。ほとんどすべての火を地下の空洞へと押し返し、氷の房を曙の葡萄棚そのものに、永遠の〈エーテル〉の曲面の下に吊した。彼の力のおかげで、空間のひろがりは運動から区別され、夜は昼から区別された。何ものをも分離せしめようとする勢いにかられて、彼は植物から区分したばかりの動物をただちに雄と雌とに切り分けた。根源的な混乱のなかでももっとも入り混じっていたもの、——物質と精神——をついに解きほぐしたのちに、天上界の絶頂、接近不能な〈歴史〉の頂きへと、あの神秘な岩塊を押し上げると、その岩塊はそのまま阻止することもできずに音もなく深淵の最終の底へと落下して、〈時〉を産み、測定することになる。彼は泥土のなかから、きらめく海と澄みきった水とをしぼり出し、山々を露出させ、固形のままのものを美しい島々へと配分した。こうやって彼はすべてをつくり、泥土の残りで人間たちをつくった。

ところが、わたしがいま現出させる建設者は、〈創造者《デミウルゴス》〉が当初の無秩序から引き出した世界の秩序をこそ、カオスとして、また原初の素材として、みずからの前に見出しているのだ。〈自然〉はもはや形成されていて、さまざまな要素も分離されている。だが、何ものかがこの作品を未完成と見なすようにと厳命し、とりわけて人間を満足させるために手を入れ直し、ふたたび活動させねばならぬと命じる。彼は、神が停止した地点そのものを、みずからの行為の原点とみなす。彼は心にこうつぶやくのだ、はじめに、現に存在するものが存在した、と。山と森、鉱床と鉱脈、赤い粘土、ブロンド色の砂、そして石灰を採る白い石。そしてまた人間たちの筋肉隆々たる腕と、水牛や牛たちの強大な力があった。しかしまた他方には、頭の切れる僭主や商売で途方もない金持になった市民たちの金庫や穀倉があった。最後にはまたみずからの神を鎮座させようと願う司教たちや、無比の墳墓以外には何ひとつ望むことのない王たち、難攻不落の城壁を夢みる共和国、俳優や女楽師たちには目がなく、国費をついやして彼らのために音響効果のすばらしい劇場を建設させようと熱望する情感こまやかな執政官たちもいた。

ところで神々は屋根なしにしておいてはならないし、魂は見世物なしにしておくことは許されない。大理石の塊が地中に死蔵されて横たわり、牢固とした闇夜をつくっていてはならず、杉や糸杉が、香り高い梁材やまばゆい家具へと変わりうるのに、焰に燃え、あるいは腐りはてて終わることがあってはならぬ。さらにまた、富者たちの黄金が壺のなかや宝物庫の暗闇のなかで惰眠をむさぼることもあってはならない。この金属はいかに重くても、ひとたび卓抜な思いつきと結びつけば、精神のこの上なく潑剌とした力を帯びてくる。この金属は精神と同じく生来不安なのだ。その本性は逃げさるところにある。それは、みずからは変わらぬまま、あらゆるものへと変わる。それは石塊をもちあげ、山をうがち、河の流れを変え、城塞の門や、どれほど固く閉じた心の扉も開かせる。それは男たちを鎖につなぎ、奇蹟にも似た迅速さで女たちに衣裳をまとわせたり脱がせたりもする。それは思考につぐ、もっとも抽象的な動因だ。しかも、思考はイメージを交換したり、包みこんだりするだけなのに、この金属は現実のあらゆるものの相互変換を助長する。この金属たるや、みずからはあくまで変質することなく、純粋なままあらゆる人びとの手のあいだを渡ってゆく。

黄金、腕、企画、多様な物質と、すべてがそろっていても、それでもそこから何ひとつ生まれてこない。

——わたしの出番だ、と建設者が言う、わたしは〈行為〉だ。きみたちは素材だ、力だ、欲望だ。だが、きみたちはばらばらに離れている。ある未知の術策がきみたちを孤立させ、みずからの手段に沿うようにきみたちに準備態勢を整わせたのだ。〈創造者《デミウルゴス》〉は被造物には無関係の自分の計画を遂行していた。その逆がなされねばならぬ。彼は気晴らしに、あるいは退屈まぎれに分離を行ったが、その分離そのものから生まれてくることになる面倒などは、まるで気にもとめなかった。彼はきみたちに生きるためのものをあたえたばかりか、愉しむための多くのものもあたえた。だが、総じて、きみたちがまさしく欲しくてならなかったものは、まったくあたえてくれなかった。

しかし、彼のあとにわたしがやって来る。わたしこそは、きみたちの望みのものを、きみたちよりすこしばかり正確に想い抱くひとだ。わたしは、きみたちの宝庫を、きみたちよりもうすこし筋道を立てて、もうすこし手際よく使いこなすだろう。そしておそらくは、わたしはきみたちに、とても高額の出費を強いることになるかもしれない。だが結局は、みんなが得をするだろう。ときにわたしは思いちがいをするかもしれぬだろう、そのためいくらかの廃墟を見ることになるかもしれぬ。しかし、失敗作はいつでも、もっとも美しいものへとわたしたちを近づける一段階と見なすことができるし、そう見なすことで大きな利得があるものだ。

パイドロス　あなたが死んだ建築家だということを、彼らはうれしがっていると思います！

ソクラテス　わたしはもう黙るべきなのかね、パイドロス？——それでは、どのような神殿、どのような劇場をわたしが純然たるソクラテス的様式で想い描いたか、きみはついにわからずじまいになるのだよ！…　わたしはどうやってわたしが自分の仕事を進めていったか、それをきみに考えてもらおうと思っていたところだった。わたしはまず問題のすべてを並べたて、それから欠陥のない一方法を展開していった。どこに？——何のために？——だれのために？——どんな目的のために？——どのような大きさの？——そうやって、しだいしだいにわたしの精神の輪郭を定めていって、ひとつの石切場や森を建物に、壮麗な均衡へと変える作業を、その頂点において明確化しようとしていた！…　そしてわたしは、報酬を支払ってくれる人たちの意向を斟酌《しんしゃく》して、自分のプランを立てたのだった、立地、採光、影、風を考慮し、大きさ、向き、交通の便、隣接地、さらには地下の深い土質などに従って敷地を選定して……

それから、わたしは原材料を使って、肌色の美しい人間たちの生活と喜びにまったくかなう建造物を組み立てようとしていたところだった……　身体にとってもとても貴重で、魂にこころよい建物、〈時〉でさえもそれを消化してゆくのはじつに困難であるにちがいなく、数世紀もの力をかけねば破壊することができない。そればかりか、〈時〉はこれらの建物に二番目の美しさを帯びさせてくれる。建物を覆う優しい金色のさび、建物の上にみなぎる聖なる荘厳さ、また他の建物とのあいだに生まれてくる比較や、建物のまわりにただよう優しさの魅惑、そういう魅惑が持続によってつくられてゆく……だが、きみにはもう何も言うまい。きみはかつてのソクラテスしか想い抱くことができない、そしてあいも変わらぬきみの亡霊は……

パイドロス　忠実なのですよ、ソクラテス、忠実な亡霊です。

ソクラテス　それならば、わたしのあとをついてくるべきだ、そして、わたしが変われば、変わるのだ！

パイドロス　しかし、そうだとすれば、あなたは永遠のなかで、かつてあなたを不滅の人たらしめた、あれらの言葉のすべてを撤回なさろうというのですか？

ソクラテス　あの下界では、不滅だった、――死すべき者たちに関連してのことさ！――しかし、ここでは……　いや、ここというところはない、わたしたちがいま言ったことは、すべて、この冥界の沈黙の自然な戯れに他ならない、わたしたちを操り人形のようにあつかった、向こうの世界の、とある修辞家(42)の気まぐれと同じように！

パイドロス　厳密に申せば、そこにこそ不滅はあるのです。

魂と舞踏

エリュクシマコス（1）　おお、ソクラテス、いまにも死にそうです！…　どうか、ぴりりと精神的なものをください！　思想を注いでください！…　あなたの鋭い謎を気付け薬に嗅がせてください！…　容赦なく盛り沢山なあの食事は、想い抱きうるかぎりのこちらの食欲を、安心していられるかぎりの渇きをまるで超えています！…　ご馳走のあと継ぎに消化作用を相続するとは、何とまた情けない！…　わたしの魂は、もはや、物質自体と戦う物質の見る夢でしかない！…　おお、美味なるものよ、あまりにも美味なるものよ、わたしは命令する、さっさと消化《こな》れてしまってくれたまえ！…　情けないではありませんか！　わたしたちが、この世にある一番の美味の餌食となったこの夕暮れどきからいまに到るまで、この恐るべき珍味佳肴《かこう》は時間とともに数をまして、どうにも我慢のならない姿をわたしたちに押しつけてくる……　このままでは、ついにはわたしは、乾いたもの、真面目なもの、そしてまぎれもなく精神的なものへの常軌を逸した欲望で、焦がれ死んでしまいます！…　どうかそちらに行って、あなたとパイドロスのそばに坐らせてください。そうやって、あとからあとから供されてくる肉料理や尽きることのない酒壺にきっぱりと背を向けて、わが精神の最高の杯を、あなたがたの言葉に向けて差しださせてください。おふたりで、どんな話をなさっていたのです?

パイドロス　まだ、何も。仲間のひとたちが食べたり飲んだりしているのを眺めていたところです。

エリュクシマコス　でも、ソクラテスは何ごとかについて瞑想にふけるのをやめることはないでしょう?……　このひとが自分ひとりきりになり、魂までも沈黙してしまう、そんなことがありましょうか!　このかたは、この宴席の暗い端のほうで、ご自分の精霊《ダイモーン》に優しく微笑みかけていました。あなたの唇は何をささやいているのです、親愛なるソクラテスよ?

ソクラテス　静かにこう言っている、ものを食べる人間はもっとも公正な人間だ、と……

エリュクシマコス　ほら、もう謎だ、そして謎というものが刺戟してくる精神の食欲が生じてきて……

ソクラテス　わたしの唇の言うところによれば、食べる人間はみずからの善も悪も養う。彼は一口食べるごとに、それが自分自身のなかに溶け入り、拡散してゆくのを感じて、それが彼の美徳に新しい力をもたらしてくれることになるのだが、彼の悪徳に対しても無差別にそうなのだ。彼の希望を肥らせるとともに、彼の苦悩にも滋養をとらせる。そして、情念と理性のあいだのどこかで、分割されてゆく。愛も憎しみもそれを必要としていて、そしてわたしの悦びも、わたしの苦渋も、記憶もまた計画も、同じ一口の食べ物の栄養を、兄弟のように分かちあうのだ。これをどう考えるかね、アクメノスの子よ？

エリュクシマコス　あなたと同じように考えるだろうと、考えます。

ソクラテス　おお、きみが医者だから言うのではないが、わたしは、みずから栄養を補給しているあれらのすべての身体の行為を口には出さないながら感歎していた。どの身体も、自分のうちなる生の幸運のひとつひとつに、自分のうちなる死の萌芽のひとつひとつに、それぞれ当然あたえられてしかるべきものを、それと知らずに公平にあたえている。それらの身体は、自分が何をしているかを知らぬまま、さながら神々のようにそれを行っているのだ。

エリュクシマコス　ずっと以前から気がついていたことですが、人間の内部にはいりこんでゆくものは、はいり込んだ直後では、運命の気に入るように振舞っています。まるで咽喉の狭窄部こそ、気まぐれな必然と組織だった神秘がはじまる境目だと言ってもいいかのようです。そこのところで、意志は停止し、認識の確乎たる勢力圏は終わりになってしまう。だからこそわたしは、わたしの技術《わざ》を行使するときに、世のふつうの医者たちが多種多様な患者たちに処方している、当てにもならぬ薬は一切やめたのです。わたしは、本性からそれぞれ対をなしている、効果の明らかな治療法だけに厳密にとどめているのです。

パイドロス　どういう治療法ですか？

エリュクシマコス　八つあります。暑さと寒さ、節制とその逆、空気と水、休息と運動、これで全部です。

ソクラテス　でも、魂の治療法にはふたつの薬しかないよ、エリュクシマコス。

パイドロス　というのは？

ソクラテス　真実と虚偽のふたつだ。

パイドロス　それはどういうことで？

ソクラテス　そのふたつの関係は、覚醒と睡眠の関係のようではないかしら？　きみは、悪夢にさいなまれるとき、目覚めを、光の明確を求めはしないかな？　わたしたちは太陽そのものによって蘇り、堅固な身体の現前によって力づけられるのではないだろうか？——けれども、そのかわり、わたしたちは、昼の世界でわたしたちにつきまとう心配を解消させ、苦しみを停めさせて欲しいと、睡眠と夢に求めるのではないかしら？　だからわたしたちは、一方から逃れ、他方に救いを求めるのだ、夜のただなかで昼を願いながら、また逆に光あるあいだに闇を求めながら。知りたくてうずうずしながら、また知らなければ知らないですっかりいい心地になって、わたしたちは存在するもののなかに、存在しないものへの救済策を求め、存在しないもののなかに、存在するものへの慰めを求める。あるときには現実が、またあるときには幻影が、わたしたちを慰めてくれる。結局のところ、魂にとっての力の源泉は、その武器である真実と——そしてその鎧である虚偽、このふたつ以外にはないのだ。

エリュクシマコス　なるほど、なるほど……　けれど親愛なるソクラテス、あなたに訪れたその思考から、ある帰結が出てきますが、あなたはそれを怖れはしませんか？

ソクラテス　どのような帰結だね？

エリュクシマコス　こうです——真実と虚偽とは同一の目的をめざす、という……同じひとつのものが、別々の仕方で振舞うだけで、わたしたちを嘘つきにもするし、真実を語る者にもする。そして、あるときは暑さが、またあるときは寒さが、ときにわたしたちを攻撃し、ときにわたしたちを守ってくれるわけですが。真実なものと嘘なものが、またそのそれぞれに対応する相反するふたつの意志もまた、それと同じだというわけです。

ソクラテス　まさしく、たしかにそうだ。わたしにはどうにもならぬ。生命そのものがそう望んでいるのだから。きみのほうがわたしより知っているだろう、生命はあらゆるものを利用するということを。生命にとっては、エリュクシマコスよ、断じて結論にさえ到らずにすむなら、まったく何であれ好ましいのだ。つまり生命は生命それ自体という結論にしか到らない……　生命とは、生起してくること一切という迂回路を経て、わたしをたえずわたし自身へと変容させ、そしてまたわたしをかなり迅速にこの同じソクラテスへと立ち戻らせてくれて、わたしが彼とふたたびめぐりあい、そしてまた自分が彼を再認していると否応なしに想像することで、わたしが存在しているようにとりはからってくれる、あの神秘な動きではないだろうか。生命とは踊る女だ、みずから跳躍して、雲の果てに到るまで身を委ねることができるならば、女であることをやめて神となるかもしれぬ女なのだ。だが、わたしたちは夢においても覚醒していても、無限へと到ることができない、ちょうどそれと同じように、生命はたえず自分自身へと立ち返り、雪片、鳥、思念であることを、──横笛が彼女をそんな姿へと変えたいと欲したそのすべての姿であることをやめてしまう。というのも、彼女を送り出したその同じ〈大地〉が、彼女を呼び戻し、激しく喘《あえ》ぐ彼女を、彼女の女としての本性へ、彼女の恋人へと送り返すのだから……

パイドロス　奇蹟だ！…　すばらしいおかただ！…　まぎれもない奇蹟だと言ってもいい！　ほんのわずかに口を開いただけで、あなたは必要なものを産みだしてしまう！…　あなたのつくりだすイメージは、イメージのままでとどまっていることができない！…　ほら、まさしくそこ、──あたかもあなたの創造的な口から蜜蜂が、つづいて蜜蜂が、また蜜蜂が生まれるように、──ほら、そこに名高い踊り子たちの空翔ける群舞団が現れてくる！…　空気は舞踏法の予兆にうちふるえ、唸りを立てる！…　ありとあらゆる松明《たいまつ》が目覚める……　眠りこんでいる者たちのつぶやきが変わる。そして、焔の揺らめく壁のうえでは、酔いしれた者たちの巨大な影が、驚歎し、不安げに動いています！…　なかば軽やかな、なかば厳かな、あの一団をご覧なさい！──あの娘たちは魂のようにはいってきます！

ソクラテス　何と冴えざえと明るい踊り子たち！……この上なく完璧な思考のかずかずが、何と活き活きとまた優雅に登場してくることか！……彼女たちの手は言葉を語り、彼女たちの足は文字を書いているようだ。柔軟な力をこれほどみごとに使おうと心をこめているあれらの娘たちのなかに、何という精密さがあることか！……わたしの難問の一切がわたしから離れてゆく、いまでは、わたしを苦しめる問題などひとつもない、それほどわたしは、あれらの形象たちの動きに、しあわせに身を委ねている！　ここでは、確実さは戯れだ、まるで認識がみずからの行為を見出し、知性がおのずと湧きあがる優雅に、突如として同意しているかのようだ……あの女を見たまえ！……いちばんほっそりした、正確さそのものの身のこなしに、他のだれよりも没頭しているあの女……だれかね、あの女は？……彼女は甘美なまでにきっかりとした姿を見せ、しかもどうにも語りようもないほどしなやかだ……踊りの拍子を譲りわたし、借り受け、また戻すそのありようがいかにも正確なので、眼を閉じても、耳をとおして彼女の姿が正確に見えるようだ。彼女を追っては、ふたたび彼女を見出し、彼女を見失うことはけっしてない。こんどは耳をふさいで彼女の姿を見つめていると、まったく彼女はリズムそのもの、音楽そのものなので、弦琴《キタラ》の音が耳に聞こえてこないわけにはいかないほどだ。

パイドロス　ロドピスだと思います、あなたが魅せられている女は。

ソクラテス　とすると、ロドピスでは、耳が驚くほど鮮やかに踵《かかと》に結びついている……何と彼女は純正なのだろう！……老いたる時間もこれですっかり若返る！

エリュクシマコス　ちがいますよ、パイドロス！……ロドピスというのはもうひとりの女のほうです、何ともなめらかで、いかにも楽々と、際限もなくこちらの眼を愛撫してくれるあの女。

ソクラテス　それでは、いったいだれなのかね、あのほっそりとした、しなやかさの魔は？

エリュクシマコス　ロドニアです。

ソクラテス　ロドニアでは、耳が驚くほど鮮やかに踵に結びついている。

エリュクシマコス　それに、わたしはあの娘《こ》たちをみんな、ひとりひとり知っています。あの娘《こ》たちの名前を全部言えます。それらの名前はとてもみごとに順序だって、ちょうど小さな詩になっているようで楽に覚えられるのです、――ニプス、ニポエ、ネマ、――ニクテリス、ネペレ、ネクシス、――ロドピス、ロドニア、プティレ……あのとても醜い小柄な男の踊り手はというと、ネッタリオンと呼ばれています……[3]　でも〈群舞団〉の女王はまだ登場していません。

パイドロス　いったいだれがあの蜜蜂たちのうえに君臨しているのです？

エリュクシマコス　驚くべき踊り子、究極の踊り子アティクテです。[4]

パイドロス　よくあの娘《むすめ》たちを知ってますね！

エリュクシマコス　あの魅惑的な一団の娘たちは、それぞれまた別の名前ももっているのですよ！　親たちから受けついだ名前をもっている娘たちもあり、また親しいひとからもらった名前を名乗っている娘たちもいる……

パイドロス　あなたのことでしょう、親しいひとというのは！…　あなたはこんなにあの娘たちをご存じなのだから！

エリュクシマコス　よく知っているどころではありません。ある意味では、彼女たちが自分で自分のことを知っているのより、もうすこしよく知っているのです。おお、パイドロス、わたしは医者じゃありませんか。——わたしのなかでは、わたしをとおして、医学のありとあらゆる秘密が、秘密のうちに、踊り子たちのありとあらゆる秘密と交換されるのです！　あの娘《こ》たちは、何が起こってもわたしを呼ぶのです。捻挫、吹出物、幻覚、心臓の痛み、仕事をしているあいだに起こるじつに多種多様な事故のかずかず（あのじつに動きの激しい職業を考えても、容易に推測できる、あの手ひどい事故のかずかず）、――また原因不明の不快感、さらには嫉妬、――技量の面からくるものもあれば、恋心から生まれてくるものもあります。さらにまた夢を見た心のざわめきまで！……ご存じかしら、何かの夢に苦しめられているとわたしに囁いてくれるだけで、わたしは、そこから、たとえばあの娘《こ》たちのどこかの歯が悪くなっているという結論を引きだせるのですよ。

ソクラテス　夢をとおして歯のことがわかる讃歎すべきひとよ、哲学者たちの歯はことごとく虫歯だと思うかね？

エリュクシマコス　ソクラテスの歯に嚙まれぬよう、神々よ、お守りあれ(5)！

パイドロス　そんなことよりも、あの数えきれぬ腕や脚をご覧なさい！……何人かの女たちが数知れぬものとなる。数知れぬ松明、束の間に現れては消える無数の列柱回廊、かずかずの葡萄棚や柱……　映像は溶けてゆく、消えてゆく……　それは、音楽の微風に揺れて美しい枝をすべてざわめかせている茂みだ！　おお、エリュクシマコス、これほどの悩み、わたしたちの精神の、これほどまでに危険な病を意味する夢があるだろうか？

ソクラテス　だが、これはまさしく夢とは正反対のものだ、親愛なるパイドロスよ。

パイドロス　しかし、わたしは確実に夢を見ています……　乙女たちの姿かたちの、このような出会い、このような交換が、おのずから限りもなく増殖してゆくかぐわしさを、わたしは夢見ているのです。わたしは魂のなかに、拍と拍とのあいだで産みだされてゆく、あの言うにいわれぬ触れあい、拍子をとって動いてゆく四肢の白さや動きと、あらゆるものがその上に描かれ、運ばれてゆくあの低い響きの交響曲の強調《アクセント》とのあいだで産みだされてゆく、言うにいわれぬ触れあいを夢見ているのです……　わたしは、ちょうど調合された麝香《じゃこう》の薫りをかぐように、魔法のように魅惑してくる、混じりあったこれらの娘《むすめ》たちを呼吸するのです。すると、わたしの現存は、踊り子たちのひとりひとりが一座と一緒に姿を消すかと思うと、だれか他の踊り子と一緒に姿を現す、この優美の迷路のなかに迷いこんでしまうのです。

ソクラテス　悦楽にふける魂よ、ここに夢とは反対のもの、偶然のかけらもないのを見るがいい……　とはいえ、夢の反対物とは、パイドロスよ、何か他の夢でなくて何だろう？……　〈理性〉そのものがつくりだすような、警戒と緊張の夢だ！——そして〈理性〉は何を夢見るのだろう？――もしかりに〈理性〉が身をこわばらせ、立ったまま、武装した眼をきっと見すえ、まるで唇を支配するように口をきりりと結んで、そんなふうにして夢を見るとすれば、その〈理性〉の見る夢とはわたしたちがいま現に眼にしているものではないだろうか？――正確な力と計算しつくされた幻影とからなるこの世界こそが、それではないだろうか？――夢、夢だ、しかしすみずみまで均整がとれ、すべてが秩序そのもの、すべてが行為と脈絡そのものである夢！…どのような厳めしい〈法〉が、ここでみずから明るい容貌を帯びたと夢見ているとは、だれが知ろう？どのようにして現実と非現実と知的なものとが、学芸《ムーサイ》の女神たちの力に従って、溶けあい、結びつくことができるか、それを人間たちにはっきりと示そうと意図して、厳めしい〈法〉が一致協力しているという夢をみずから見ていると、だれが知っていよう？

エリュクシマコス　たしかに、ソクラテスよ、これらの映像の宝は測り知れぬほど貴重です……〈不死の神々〉の思念とはまさしくわたしたちがいま見ているものに他ならないと、あなたは思わないでしょうか、そして、わたしたちの眼前でたがいに答えあい、演繹しあっているこれらの高貴な似たものたちの無限性、汲みつくしえぬ旋回、逆転、転換は神々しい認識のほうへとわたしたちを運んでゆくと、あなたは思わないでしようか？

パイドロス　何と純粋なのか、何と優美なのか、彼女たちがいま構成している、そして夜のようにゆっくりと廻っているこの薔薇色の円い小さな神殿は！…　その神殿はぱっと飛び散って個々の若い娘たちとなり、寛衣《チュニック》はひるがえり、神々は考えを変えたかのようだ！…

エリュクシマコス　神々の思念が、いまでは、たくさんの色とりどりのグループをなした微笑む踊り子たちの姿となっているのです。それは、あの繊細な所作、二つか三つの身体からつくりだされて、もはや裂けることのないあの悦楽の渦巻の、終わることのない繰り返しを産みだしている……　踊り子たちのうちのひとりは、まるで囚われの身のようだ。踊り子たちの魔法の鎖から、もはや抜けだすことができない！…

ソクラテス　だが、あの娘《こ》たちは不意に何をしているのだろう？…　入り乱れて、逃げてゆく！…

パイドロス　戸口のほうへと翔けてゆく。歓迎のお辞儀をしている。

エリュクシマコス　アティクテ！　アティクテです！…　おお、神々よ！…　わななき脈搏つ女アティクテ！

ソクラテス　何ということもない女ではないか。

パイドロス　小鳥だ！

ソクラテス　肉体を欠いたもの！

エリュクシマコス　値いもつかぬほど価値あるものなのです！

パイドロス　おお、ソクラテス、まるで彼女は眼に見えぬさまざまな形象に従っているかのようです！

ソクラテス　あるいは、何か高貴な運命に身を託しているかのようだ！

エリュクシマコス　ご覧なさい！　ご覧なさい！…　見えますか？　まったく神々しいまでの一歩から彼女は歩みはじめます。円を描いてただ歩いているだけです……　彼女は、伎倆《わざ》の至高のところからはじめるのです。みずから到達した頂きの上を、じつに自然に歩いている。この第二の自然は、およそありとあらゆるもののなかで、第一の自然からもっとも遠いものなのだけれど、眼で見ると間違えてしまうほど似ていなければなりません。

ソクラテス　わたしは、あのすばらしい自由を、他のだれにもまして享受する。他の踊り子たちは、いまは、まるで魔法にでもかかったように、ぴくりとも動かない。音楽を奏でる女たちは自分の演奏する音に耳を傾け、アティクテを見失うまいと、ひたと見つめている……　彼女たちは対象にぴったり寄り添って、伴奏の完璧を強調しているかのようだ。

パイドロス　薔薇色の珊瑚のような顔色のひとりは、奇妙なまでに身をかがめて、巨大な貝を吹いています。

エリュクシマコス　紡錘形の腿《もも》をして、それをぴったりと組んだ、とても背の高い横笛吹きの女は、優雅な足先を伸ばして、その指で拍子を刻んでいる……　おお、ソクラテス、あの踊り子をどうご覧になります？

ソクラテス　エリュクシマコスよ、あの小さな存在を見ていると、いろいろな考えが浮かんでくる……　あの娘《こ》は、わたしたちすべてのなかに漠然とあり、この饗宴の参加者たちのなかにほとんど感知しえぬほどのありようで棲みついている威厳を、みずからの上に集め、引き受けている……　単に歩いているだけなのに、見たまえ、女神と化しているではないか。そして、わたしたち自身もほとんど神々と化している！…　単なる歩行、もっとも単純な連続する動作！…　まるで、きわめて均等な美しい行為の連なりで空間を買いとっているかのようだ、そして、動作という貨幣に刻みこむべき音響の肖像を踵で型押ししているかのようだ。わたしたちはどんな目標に向けて歩いているときでも、歩行の一歩一歩という凡俗な小銭でぼんやりと費消してしまうものを、彼女は純金の金貨で一歩一歩と数えあげ、勘定しているかのようだ。

エリュクシマコス　親愛なるソクラテスよ、彼女は、わたしたちの身体が暗々裏になしとげているものを、わたしたちの魂に明瞭に示すことで、わたしたちがじつは何をしているのか、それをわたしたちに教えてくれるのです。彼女の脚から発する光明に照らしだされると、わたしたちがなにげなく行っている動きが奇蹟のように見えてくる。わたしたちは自分の動きにやっと驚くのです、当然驚くべきだったのに。

パイドロス　きみの意見によると、そういう点であの踊り子にはソクラテス的な何かがあるということになりますね、歩行ということに関して、わたしたち自身をいささかなりとよく知ることを、わたしたちに教えてくれるのですから。

エリュクシマコス　まさにそのとおり。わたしたちがふつうに歩くときの歩みは、じつにたやすく、何とも親しいものなので、それ自体として、また奇異なる行為として考察されるという名誉を得たことがない（不随や障《さわ》りある身となって、わたしたちが歩みを奪われ、他人たちの歩みに感歎するという場合は別ですが）……　だから、歩みについて素朴に無知であるわたしたちを、歩みはみずから知るとおりのやり方で導いてくれます。土地の状態によって、また人間の目的や気分や状態によって、あるいはさらに道の明るさにさえ左右されて、歩みは歩みとしてある。すなわちわたしたちは、歩みというものを考えぬまま、歩みを失っているのです。

しかし、瑕《きず》ひとつなく、ひろびろとして、清潔で、ほとんど撓《たわ》むことのない床の上を歩んでゆく、あのアティクテの完璧な前進をご覧なさい。彼女は、彼女の力を映しだすこの鏡の上に、左右均等《シンメトリー》を保ちながら、支えの足を交互に換えてゆく。踵が爪先へと向けて身体を流しこみ、通過するもう一方の足がその身体を受けとめては、また前方へと流しこむ。こうやって次の足、また次の足と進んでゆく。その間、彼女の頭の愛らしい頂点は永遠の現在のなかで、うねる波頭を描いてゆくのです。

ここでは床は、リズムの乱れや不安定の原因をなすものすべてが念入りに除かれ、いわば絶対的なものとなっているので、この堂々とした行進は、みずから自身だけを目的とし、一切の変わりやすい不純物も消え去って、ひとつの普遍的なモデルとなるのです。見たまえ、何という美しさ、何という充実した魂の平静さが、彼女の高貴な脚のひと跨ぎ、ひと跨ぎの距離の長さから生まれてくることか。彼女の歩みのこの豊かさは歩数と一致し、その歩数は音楽から直接に発している。だが、歩数と歩幅は、他方では、背丈と密かに調和している……

ソクラテス　学識あるエリュクシマコスよ、きみがみごとにこうした事柄を語るので、わたしまで、きみの考えのとおりに見ずにはいられないほどだ。歩行しつつ、わたしに不動の感覚をあたえるあの女を、わたしは注視する。わたしは、あの拍子の均等性に執着するばかりだ……

パイドロス　彼女は停止します、あのたがいに釣り合った優雅な踊り子たちのまんなかに。

エリュクシマコス　さあ、はじまりますよ！

パイドロス　彼女は眼を閉じる……

ソクラテス　閉じた眼に全身で没入し、密やかな内面のまったただなかで、自分の魂とただひとり向き合っている……　自分が自分自身のなかで何らかの出来事と化すように感じているのだ。

エリュクシマコス　さあさあ、いよいよですよ……　静かに、静かに！

パイドロス　何とこころよい瞬間……　この静けさは矛盾だ……　「静かに！」と叫

ばずにいるには、どうしたらいい。

ソクラテス　絶対的に汚《けが》れのない瞬間。つづいて、何かが魂のなかで、期待のなかで、観衆のなかで、ぷつんと断ち切られるにちがいないような瞬間……　何かが断ち切られる……　といって、これはまた溶接のようでもある。

エリュクシマコス　おお、アティクテ！　いまにもはじまるという切迫のさなかで、おまえは何とすばらしい！

パイドロス　音楽が静かに、また別の仕方で彼女を捉え直しているかのようで、彼女の身体が持ち上がってゆく……

エリュクシマコス　音楽が彼女の魂を変えるのです。

ソクラテス　おお、学芸の女神たち《ムーサイ》よ、いましも死んでいこうとしているこの瞬間において、あなたがたは全能の支配者だ！

呼吸と心臓のこころよい中断！……　重みが彼女の足下へと落ちてゆく。音もたてずに崩れ落ちるあの大きな薄紗がそれを理解させる。彼女の身体は動きのなかでしか見てはならない。

エリュクシマコス　彼女の眼がまた光へと帰ってきました……

パイドロス　彼女が意志を変えるこの何とも微妙な瞬間を愉しもうではありませんか！……　ちょうど、屋根の縁《へり》ぎりぎりのところまで来た小鳥が、美しい大理石と訣別して、飛翔のなかへと落ちてゆくような瞬間……

エリュクシマコス　これからまさに起ころうとしていること、これくらいわたしの好きなものはない。恋愛においてさえも、ごくはじまりのころの感情ほど、官能の悦びにおいてまさるものはない。一日のあらゆる時間のなかで、曙がわたしのもっとも好む時間です。だからこそわたしは、この生きた女の上で、聖なる動きが現れ出てくるところを、愛情のこもった感動とともに見届けたいのです。ご覧なさい！……　その動きは生まれ出てくる、優しい鼻孔の、あの頭を、光に明るく照らしだされた肩のほうへと抗《あらが》いがたく結びつける、あの滑らかにすべるような眼差から……　そして、彼女の輪郭のくっきりとした筋肉質の身体の、美しい繊維のすべてが、うなじからはじまって踵に到るまで、はっきりと現れてはつぎつぎと捩《よじ》れてゆく。そして、全身がふるえる……　ひとつの跳躍の誕生をゆるやかに描いてゆく……　彼女はわたしたちに息もつかせない、つんざくようなシンバルの、待ち受けてはいても意表をつく轟きに不意の動作で反応して、宙に身を躍らせるそのときまで。

ソクラテス　おお！　ほら見たまえ、彼女はとうとう異例な域へと踏みこみ、可能ならざるもののなかへと突き進んでゆくぞ！…　わたしたちひとりひとりの魂にとって均等であり全的であるこの幻惑を前にするとき、おお、わが友よ、わたしたちの魂はおたがいに何と似通っていることか！…　わたしたちの魂は何とあいたずさえて、美しいものを飲んでいることか！

エリュクシマコス　彼女は全身これ舞踏です、全身をあげて全的な動きへと身を捧げている！

パイドロス　彼女はまずはじめに、精気あふれるその足どりで、大地から、あらゆる疲労、あらゆる愚劣を消し去るかのようだ……　それから、見たまえ彼女は、もろもろの事物のすこし上のほうに、みずからひとつの住処《すみか》をつくりだす、それはまるで白い両の腕のあいだに巣をしつらえているかのようだ……　だがいまの彼女は、さまざまな感覚よりなる定義しがたい絨毯を、その両足で織っていると思えないだろうか？…　足を交叉し、また交叉を開いて、持続でもって地面を織りあげてゆく。おお、攻めたてては、ひらりと避け、結んでは解き、追いかけあっては、ぱっと跳びあがる、その聡明な足指のつくりなす魅惑的な作品、きわめて貴重な作業！…　何と巧みなことか、何と活き活きとしていることか、失われた時の悦楽をつくりだすあれらの純粋な職人たちは！……あのふたつの足はたがいに囀りあい、まるで二羽の鳩さながらたがいに争っている！……まるで一粒の穀物を取り合うように、地面の同じ一点をわれこそ得ようと争っている！……その両の足が一斉に跳びあがり、空中でもまだたがいに相搏っている！……学芸の女神たち《ムーサイ》にかけて言うが、足というものがわたしの唇にこれほどの欲望をそそったことは、かつてない！

ソクラテス　ということはつまり、きみの唇はあの驚くべき足の能弁を羨んでいるのだな！　きみは、できるものなら、きみの語る言葉にあの足たちの翼を感じたい、きみの口にするところを、あの足たちの飛躍と同じように活き活きとした文彩で飾りたいのだ！

パイドロス　わたしが？……

エリュクシマコス　彼はただ足の雉鳩にちょっと接吻したいと思っているだけですよ！……舞踏の光景に情熱的に注目して、そういう効果が生まれたのです。これほど自然なことがありますか、ソクラテス、これほど純真に神秘的なことがありますか？……われらがパイドロスは、アティクテの爪先がまさしく誇りとしているあのトー・ダンス、あの片足旋回《ピルエット》にすっかり幻惑されているのです。彼は彼女の爪先を眼で貪り、それに向かって顔をさしのべている。自分の唇の上をかろやかな縞瑪瑙が走りぬけてゆくのを感じているのです！——弁解は無用、親愛なるパイドロス、どぎまぎするまでもない！…　きみの感じたのは、すべて正当かつ晦瞑なこと、だから死すべき人間という機械に完全に合致している。わたしたちとは、組織だった奇想ではないだろうか？　そしてわたしたちの生体組織とは、きちんと作動する支離滅裂、正しく働く無秩序ではないだろうか？——さまざまな出来事、欲望、観念は、わたしたちの内部で、この上なく必然的で、この上なく不可解なやり方で、たがいに交換しあっているのではないだろうか？…　原因と結果の何たる不調和！…

パイドロス　それにしてもきみは、わたしが素朴に感じていたことを、何ともみごとに説明してくれた……

ソクラテス　親愛なるパイドロス、じつを言えば、きみは何らかの理由なしに感動したのではない。このわたしにしても、あの言うにいわれぬ踊り子を見つめれば見つめるほど、それだけたくさん自分自身と、かずかずの驚異について語り合っているのだ。わたしは気になってならない、あれほどかぼそく華奢な娘《むすめ》のなかに、いったい自然はどうやって、あれほどの力と迅速の怪物を閉じこめることができたのだろう？　燕に変身したヘラクレス(6)、そんな神話があったろうか？――そして、あれほど小さな頭、若い松ぼっくりのように引き締まった頭が、彼女の四肢のあいだに交わされる無数の問いと答を、いったいどうやって過つことなく産みだすのだろう？　ひとを茫然とさせるあれらの模索を、たえず斥けては、音楽から受けとり、またすぐさま光へと返すというふうにして、彼女は産みだし、また産み直ししている。

エリュクシマコス　わたしはどうかというと、翼を数かぎりなく振動させて、翼のファンファーレや重さや勇気をかぎりなく支えている昆虫の力を想うのです！…

ソクラテス　この昆虫はわたしたちの眼差の網にひっかかってもがいているわけだ、ちょうど囚われの蝿のようにして。しかしわたしの知りたがりの精神は、この昆虫のひっかかった蜘蛛の巣の上を追いかけて、この昆虫が何をなしとげるのか貪り調べてみたい！

パイドロス　親愛なるソクラテス、どうもあなたはあなた自身を享楽することしかできないんですな！

ソクラテス　おお、わが友よ、本当のところ舞踏とは何だろう？

エリュクシマコス　わたしたちがいま見ているこれではありませんか？——舞踏について、舞踏そのもの以上に明快に語ってくれる何があるでしょう？

パイドロス　われらがソクラテスは、あらゆるものの魂を捉えるまでは気がすまないのです、魂の魂は別としても！

ソクラテス　それにしても、いったい舞踏とは何なのか、足の運びは何を語るのか？

パイドロス　おお！　素朴に、もうすこしこれらの美しい行為を享受しましょう！…右に、左に、前に、後に、上に、下にと、彼女は贈り物を、香料を、薫香を、接吻を、そして彼女の生そのものを、天球のすべての点へ、宇宙の両極へと捧げているかのようです……

彼女は薔薇を、絡み合う曲線を、運動の星々を、そして魔法の囲いを描きます……円環が閉じたかと思うと円環の外へと跳びだします……　跳びだしては、幻影のあとを追って駆けてゆきます！…　花を一輪摘みとったかと思えば、それはたちまち微笑に他ならない！…　おお！　何と彼女は、汲みつくしえない軽やかさで、みずからの非存在を明言していることか！…　楽音のただなかに迷いこみ、一筋の糸にすがって身を取り直す……　横笛が救いの手をさし伸べて彼女を救ったのです！　おお、旋律！

……

ソクラテス　さて、まるでいま彼女をとり囲むのは幽霊ばかりのようではないか……幽霊から逃れつつ彼女は幽霊を産みだしてゆく、けれど、ひとたび突然身を翻すと、彼女はまるで不死の神々のまえに姿を現すかのようだ！……

パイドロス　彼女は神話の魂なのではないでしょうか？　この世の生の、ありとあらゆる扉の隙間から、ちらりと洩れる晴れ間なのではないでしょうか？

エリュクシマコス　そうしたことを彼女がいくらか知っていると、きみは思うのかね？　足を高々と跳ね上げ、高く蹴り《バットマン》、空中で踵を数度打つ《アントルシャ》、修業時代に苦労して身につけたそれらの所作とはちがう、何か超自然の奇蹟を産みだして、得意になっているとでも、きみは思うのかしら？

ソクラテス　なるほど物事をそうした異論の余地のない照明のもとに考察してみることもできよう……冷静な眼は容易に彼女のことを狂女と見なすだろう、あの奇妙なまでに根こそぎになった女、自分自身の形態からたえず身を引き離し、他方で狂った四肢が大地と空気を求めて争っているように見える。頭をのけぞらせ、乱れた髪を地面に引きずっている。片方の脚を頭のところまで跳ねあげる。そして、手の指は埃のなかに何かしれぬ記号を描いている！…　結局のところ、こうしたすべては何のためなのだ？——魂がおのれの位置を定め、またおのれを拒みさえすれば、もはやあの滑稽な騒動の奇怪と嫌悪だけを想い抱くのに充分なのだ……　もしもきみがお望みなら、こうしたすべては不条理のきわみと言っていい！

エリュクシマコス　つまりあなたは、気分しだいで、理解することも理解しないこともできる、好みのままに美しいと見ることも、滑稽と見ることもできる、というわけですか？

ソクラテス　そうならざるをえないではないか……

パイドロス　こう言いたいわけですね、親愛なるソクラテス、あなたの理性は舞踏をひとりの異邦の女と見なしている、あなたの理性がその女の話す言葉を軽蔑し、その女の習俗はあなたの理性には、不快だとは言わずとも、まったく猥褻だとまでは言わずとも、説明不能なものと思える、そんな異邦の女と見なしている、と？

エリュクシマコス　ときおり、理性とは、自分の身体のことをまるで理解しないでいられるわたしたちの魂の能力だと、わたしには思えるのです。

パイドロス　そうは言っても、ソクラテスよ、このわたしの場合、踊り子たちをじっと見つめていると、多くの事柄と、事柄同士の多くの関係を想い描いて、それがその場で、わたし自身の思念と化して、いわばパイドロスの代わりにものを考えてくれるのです。わたしの魂の現前だけからでは絶対に得られなかったであろうような、さまざまな光明が、わたし自身のうちに見出されるのです……

たとえば、つい先ほどはアティクテは、わたしには愛を表象しているかのように思えました。——どんな愛か？ というと——こういう愛とかああいう愛とかではなく、何かみすぼらしい情事なんかでもない！——たしかに、そのときの彼女は恋する女という人物などまるで演じていなかった……　物まね《マイム》はまったくしなかったし、お芝居めいた所作もまったくなかった！　そう、まったくなかった！　作りごとはすこしもなかった！…　わが友よ、現実のなかにある現実的なものに他ならぬ動きと拍子とを自在に操れるというのに、どうして何かを装う必要がありましょう？…　だから、あのときの彼女は愛の存在そのものだった！　しかし愛とはいったいどういうものなのか？——それは何からなりたっているのか？——それをどう定義し、どう描きだせばいいのか？——愛の魂とは愛しあうふたりのあいだの打ちかちがたい差異であり、他方で愛の精妙な実質は愛しあうふたりの欲望の同一性です。だから、舞踏は四肢の描きだす線の精妙さ、跳躍の神々しさ、爪先《トー》で静止するときの繊細さによって、肉体も顔ももたず、天賦の才と日々を、そしてさまざまな運命をもち、しかもひとつの生とひとつの死とをもつ、あの普遍的な被造物を産みださねばなりません。その普遍的な被造物とはまさに生に他ならず死に他なりません、というのも欲望はひとたび生まれたあとは、睡眠もいかなる休息も知らないのですから。

だからこそ、たったひとりの踊り子が、その美しい行為のかずかずによって愛を眼に見えるかたちにすることができるのです。彼女は全身、ソクラテスよ、まことに全身これ愛でした！…　彼女は戯れであり、啜り泣きであり、無益な思わせぶりでした。魅惑、失墜、捧げ物でした。そして不意打ちであり、肯定でありまた否定であり、厳しく失われた歩みでした……　彼女は、不在と現前にまつわるあらゆる秘蹟を讃えており、ときには言うにいわれぬ不協和の端をかすめるかのようにも思えました！…　しかしいまは、アプロディテ(7)を讃えるために、どうか彼女をとくとご覧ください。彼女は突如として、海にざわめく真の波と化してはいないでしょうか？——みずからの身体よりも、ときに重く、ときに軽く、彼女は跳躍するのです、岩にうち寄せて砕けるように。そして、ふんわりと落ちてきます……　まさしく波そのもの！

エリュクシマコス　パイドロスは、彼女が何ごとかを表していると、是が非でも主張するのです！

パイドロス　ソクラテス、あなたのお考えは？

ソクラテス　何であれ、何かを表象している、と言うのかね？

パイドロス　そうです。あなたのほうは、彼女が何かを表象していると思いますか？

ソクラテス　何ひとつ表象してはいないよ、親愛なるパイドロス。だがしかし、あらゆる物事を表象しているのだ、エリュクシマコス。海と同様に愛も表象している、それからまた生命それ自体も、またかずかずの思想も……　きみたちは感じないだろうか？彼女は変身につづく変身という純粋行為なのだということを。

パイドロス　神のごときソクラテスよ、あなたと知り合って以来、比類ないあなたの知の光に、わたしがどれほどひたむきで特別な信頼を寄せてきたか、あなたはご存じです。あなたの言葉を聴けば、どうしてもあなたを信じてしまいますし、あなたを信じてしまえば、そうやってあなたを信じる自分自身をうれしく思わずにはいられません。しかし、アティクテの舞踏が何も表していないとか、それが何にもまして、愛の昂揚と優美のイメージだとするのは当たらない、などという言葉は、わたしにはほとんど我慢がなりません……

ソクラテス　そんなに残酷なことは、何ひとつまだ言っていないよ！——おお、わが友よ、きみたちにわたしは、舞踏とは何かと訊ねることしかしていない。ふたりはそれぞれにどちらも、それを知っているように見える。けれども、ふたりの知り方はまるで別々のようだ！　ひとりは、舞踏とは在るがままのものだ、ここでわたしたちの眼が見ているものへと還元される、と言う。もうひとりは、舞踏は何ものかを表していて、したがって舞踏は全体としてそれ自体のなかにあるのではなく、主としてわたしたち自身のなかにある、と言う。わたしの意見はというと、きみたち、わが友よ、わたしの不確定に変わりはない！…　数多くの思念が湧きだしてくる、——これはけっして良い徴候ではないな！…　数多《あまた》の思念が、混乱して、どれもこれも同じように、わたしのまわりにひしめいているというのは……

エリュクシマコス　ご自分が豊かであることに不平を言っておられる！

ソクラテス　豊饒はひとを動けなくさせるのだ。しかし、わたしの欲望は動きなのだ、エリュクシマコス……　いまのわたしに欠けているのは、蜜蜂の特性に他ならず、踊り子の至高の富でもある、あの軽やかな力なのだろう……　わたしの精神には、かずかずの花々の上に昆虫を浮かばせているあの力と集中した動きが必要なのだろう。昆虫が、振動しながら花々の多種多様な花冠から選びだすときのあの力と集中した動き、それは昆虫を、好むままに、こちらの花へ、あちらの花へ、すこし離れたところにあるあの薔薇へと向かわせる、そして、花にそっと触れ、花から逃れ、あるいは花の奥へと入りこませる……　その力と集中した動きは、愛し終わった花から、だしぬけに昆虫を遠ざけては、また、蜜を吸い残した悔いがのこり、その記憶がつきまとって、飛びたったあとも甘美な味わいがとりついて離れない場合は、たちまち昆虫をその花へと連れ戻す……それとも、おお、パイドロスよ、わたしには踊り子の精妙な移動が必要なのだろう、それはわたしのさまざまな思考のあいだに巧みに入りこんで、それらの思考をわたしの魂の闇から外へと引き出し、それらをひとつひとつ順々に優しく目覚めさせて、ありうべき順序のうちでもっとも好都合な順序で、きみたちの精神の光へと現出させる。

パイドロス　話してください、もっと話してください……　あなたの唇の上に蜜蜂が、あなたの眼差のなかに踊り子が見える。

エリュクシマコス　話してください、おお、いままさに生まれ出ようとしている観念を信頼するという神業をなしとげる〈師〉よ！…　弁証のうちの偶発事ひとつから、すばらしいかずかずの帰結を、たえずみごとに導きだす言葉の使い手！…話してください！　黄金の糸をたぐり寄せてください……　深い放心に沈みこんだその底から、何か活き活きとした真実を引き寄せてください！

パイドロス　偶然があなたとともにある……　あなたが、魂の迷路のなかを声で追ってゆくうちに、その偶然は知らず知らずのうちに英知へと変わってゆく！

ソクラテス　いやいや、わたしは何よりもまず、われらが医師にお訊ねしたいのだ！

エリュクシマコス　何でもお望みのことを、親愛なるソクラテス。

ソクラテス　では言ってくれたまえ、アクメノスの息子、おお、〈治療師〉エリュクシマコスよ、きみにとっては、じつに苦い薬にも謎めいた香料にも隠れた効能などまったくないと思えるので、きみはそれらをまったく使用しない。だからきみは、世の人びとにもいささかも劣らずに、医術のあらゆる秘密、自然の秘密に通じてはいても、バルサムも丸薬も不思議な乳香《マスチック》も処方せず、勧めもしない。その上さらにきみは不老薬に頼ることもなく、秘密この上もない媚薬もほとんど信じていない。おお、練り薬を用いずに治癒せしめ、散薬、滴剤、樹脂《ゴムだま》、凝塊、薄片《フレーク》、はたまた松脂も結晶も、およそ舌にくっつき、鼻孔を刺すもの、くしゃみや吐き気の源を刺戟するもの、殺したり活気づけたりするものすべてを軽蔑しているきみ、言ってくれたまえ、親愛なる友エリュクシマコス、医者たちのうちでも医学にこの上なく精通した医者よ、知っているだろう、どうか言ってほしい、あのあまたの、よく作用して効能ある物質のうちで、また薬局方の武器庫のなかで、きみの知が虚しく厭うべき武器と見なしているあれらのものものしい調合のうちで、――言ってくれたまえ、何か特効薬を、とりわけよく利く解毒剤を、きみは知ってはいまいか、あの病のなかの病、毒のなかの毒、自然というもの全体に敵対する毒液のための？…

パイドロス　どんな毒液です？

ソクラテス　……どう名づけよう、生きることへの倦怠、とでも？――こういう意味なのだ、どうかわかってほしい、束の間に過ぎ去る倦怠《アンニュイ》ではない、疲労による倦怠ではない、萌芽が見えている倦怠でもないし、限界の知れている倦怠でもない。あの完璧な倦怠、あの純粋な倦怠、不運や障害が起源ではなく、あらゆる境遇のうち、じっと見つめてもこの上なく幸福に見える境遇とも共存してしまう倦怠、――要するに、生それ自体以外にいかなる実質ももたず、生きている人間の明察のほかに第二の原因などのない倦怠のことを言っているのだ。この絶対的な倦怠は、それ自体として、生がおのれみずからを明晰に見つめるときの、まったき裸形の生に他ならない。

エリュクシマコス　まったくたしかに、もしわたしたちの魂がどのような誤りからも清められ、在るものに対するまやかしの付加物を奪われてしまうと、わたしたちの実在は、ありのままの人生に対する、冷たい、正確な、理性的な、そして節度ある考察により、たちまちに脅かされることになる。

パイドロス　生は真相に触れると黒ずみます、ちょうどあやしげな茸を踏みつぶすと、空気に触れて黒い色になるように。

ソクラテス　エリュクシマコスよ、わたしはきみに訊いていたのだ、はたして治療法はあるのだろうか？　と。

エリュクシマコス　それほどまでに理にかなった病をなぜ治療するのです？　たしかに、物事をありのままに見ることほど、それ自体としてこれ以上病的で、これ以上に自然に敵対する振舞いは、何ひとつありはしない。冷徹で完璧な明察は、戦いの相手とするには不可能な毒です。実際、何ひとつありません。現実を純粋状態で経験したら、心臓は即座に停止してしまう……　氷のように冷たいこの淋巴液は、ほんの一滴垂らすだけで、魂のなかの発条《ばね》や脈動を弛め、ありとあらゆる希望を皆殺しにしてしまい、わたしたちの血のなかに棲んでいたすべての神々を滅ぼしてしまう。さまざまな〈美徳〉もこの上なく高貴な色彩も、それゆえに色褪せ、すこしずつ焼きつくされてゆきます。過去はすこしばかりの灰へ、未来は小さな氷片へと化してしまいます。魂は魂自身の前に、空虚で測定可能な姿として立ち現れてくるのです。——つまりこれがありのままの事物であり、それがもっとも厳密でもっとも致命的な仕方で結ばれあい、限定しあい、繋がりあうのです……　おお、ソクラテス、宇宙は、みずから在るがままのものでしかないことを、ただの一瞬たりと許容することができません。奇怪な考え方です、〈全体〉であるところのものが、みずからに充足しえないとは！…　それゆえに宇宙は、在るがままのものであることへの怖れから、みずからのために無数の仮面をつくりあげて、みずからの素顔の上に描いてきました。なぜ死すべき人間が存在するのかという理由も、それ以外にはありません。死すべき人間は何のためにあるのか？——人間の仕事は知ることです。知ること？　それならば、知るとは何か？——それは、まぎれようもなく、自分が在るがままのものではなくなる、ということです。——したがって、人間どもは錯乱し、思考し、自然のなかに際限のない誤謬の原理と、あれら無数の驚異を導入するのです！…

誤解、外見、精神の屈折光学の戯れが、世界というみじめな塊を掘りさげ、活気づける……　観念は、在るもののなかに、在らざるもののパン種を仕込む……　でも、結局のところ、真理がときおりくっきりと現れては、幻影と誤謬の調和のとれた体系のなかで調子はずれな音を響かせる……　するとたちまち、一切があやうく滅びてしまいかねず、そしてソクラテスが御みずから、わたしに治療法を訊ねにやって来られる、明察と倦怠のこの絶望的な症状のために！…

ソクラテス　なるほど、エリュクシマコス、治療法がまったくないという以上、せめて言ってはくれないか、純粋な嫌悪、ひとを殺しかねぬ明徹さ、峻厳な明確さ、というこのおぞましい状態にとって、いったいどういう状態が、まさしく対立するのだろうか？

エリュクシマコス　まず想い浮かぶのは、憂鬱性ではない錯乱のすべてです。

ソクラテス　それから？

エリュクシマコス　酔いです、それと酒気による幻覚のたぐい。

ソクラテス　なるほど。だが、酒に源をもたぬ酔いはないのかな？

エリュクシマコス　ありますとも。愛も憎しみも貪欲も、ひとを酔わせます！…　力がみなぎっているという感覚も……

ソクラテス　それはどれも、人生に味わいと色彩をもたらしてくれる。だが、ひとを憎んだり愛したりする機会、あるいは巨万の富を手に入れる機会は、現実の世界のあらゆる偶然に結びついているものだ……　だからエリュクシマコスよ、きみは思わないだろうか、あらゆる酔いのなかでもっとも高貴な酔い、あの大いなる倦怠にもっとも敵対する酔いとは、行為に由来する酔いなのだと？　わたしたちの行為、とりわけ身体を活動させる行為は、わたしたちを奇異であると同時に讃歎すべき状態へと入りこませる……　この状態は、つい先ほどわたしたちが想い描いた、じっと動かぬまま世界を明晰に見つめる観察者の置かれたあの哀れな状態から、この上なく遠い。

パイドロス　しかし、もし何か奇蹟が起こってその観察者が突然舞踏に対する情熱にとり憑かれたとしたら、どうでしょう？…　明晰であることを止めて軽快になろうと欲したとすれば。つまり、自分自身とはかぎりなく違う人間になろう、判断の自由を動きの自由に変えようと試みたとしたら？

ソクラテス　そうしたら、彼は、いまわたしたちが解明しようとしているものを、ただちに教えてくれるだろう……　でもわたしには、まだエリュクシマコスに訊ねねばならぬことがある。

エリュクシマコス　何なりと、親愛なるソクラテス。

ソクラテス　では言ってくれたまえ、さまざまな航海や積み重ねてきた研究をとおして、生きとし生けるものすべての学を究めている賢明なる医者よ、自然界のもろもろの形態や気まぐれに精通した達人、きみは注目すべき動植物の分類(有害なもの、良性なもの、無害なもの、効能のあるもの、驚くべきもの、恐ろしいもの、滑稽なもの、疑わしいもの、そして最後に存在しないもの)に卓越しているが、――言ってくれたまえ、きみは話に聞いたことはないだろうか、焔そのもののなかで生き、繁殖してゆくあの奇妙な動物たちのことを?

エリュクシマコス　ありますとも!…　そいつらの形姿も習性も、親愛なるソクラテスよ、充分に研究されています。そいつらの実在そのものが、最近では、異議の対象にはなっていますが。わたしも自分の弟子たちに、じつに何度もこの動物の講義をしてやりましたけれど、わたし自身としては、自分の眼でそれを観察する機会に恵まれたことは一度もないのです。

ソクラテス　そうだとすると、エリュクシマコスよ、それからまた、きみ、わが親愛なるパイドロスよ、きみたちにはこう思えないだろうか？　あそこでうち震え、わたしたちの眼差のなかで愛らしく動いているあの生き物、あの熱烈なアティクテ、じつに迅速に、みずからを分割しては集め、高まっては低くなり、みずからを開いてはまた閉じ、わたしたちの星座とはちがう星座に属しているかのように見える、あのアティクテ、――彼女は、火にも比べられるような基本要素のなかで、――音楽と動きとの繊細きわまる本質のなかで、汲みつくしえぬエネルギーを呼吸し、まったく楽々と生きているかのようであり、他方で彼女は、彼女の全存在をあげて、極限の至福の純粋にして直接的な暴力に参与している、と。――もしわたしたちが、みずからの重苦しく深刻なありようを、あの煌めく火蜥蜴《サラマンドル》(8)に比較するとき、きみたちにはこう思われはしないだろうか？必要に応じてつぎつぎと産みだされてゆくわたしたちのふだんの行為、わたしたちの偶発的な仕草や動作は、粗悪な原材料、持続の不純な実質のようなものであり、――他方であの生命の昂揚と振動、あの緊張の支配、ひとがみずから獲得しうるかぎりのこの上ない敏捷さにおける、あの恍惚状態は、焰の功徳と力をもっている、と。そしてまた恥辱、厄介事、愚直、また生存の単調な糧は、その焰のうちに焼きつくされて、ひとりの死すべき身である女のうちにある神々しいものを、わたしたちの眼に輝かせてくれる、と思われはしないだろうか？

パイドロス　感歎すべきソクラテスよ、あなたの言葉がどれほどまでに真実であるか、すぐさま見てご覧なさい！…　脈搏つ女をご覧なさい！　まるで舞踏があの女の身体から焔のように吹き出ているかのようだ！

ソクラテス　おお、〈焔〉よ！…

――あの娘《こ》はひょっとしたら愚か者なのかな？…

おお、〈焔〉よ！…

――そして、どんな迷信、どんなたわ言が彼女のふだんの魂をかたちづくっているものか、知れたものではない。

おお、〈焔〉よ、それでもなおおんなのだ！…　活き活きとした神々しい物体！…

だが、焔とは何だろう、おお、わが友よ、瞬間それ自体でないとしたら？――一瞬そのもののなかにある、狂おしいもの、陽気なもの、ただならぬもの！…　焔とは大地と天空とのあいだにあるこの瞬間の行為だ。おお、わが友よ、重たい状態から精妙な状態へと移行するものはすべて、火と光との瞬間を通過してゆく……

　そして焔とは、また、この上なく高貴な破壊の、捉ええぬ、誇り高い形態なのではないだろうか？――もはや断じて起こらぬであろうことが、わたしたちの眼の前で壮麗に起こっている！――もはや断じて起こらぬであろうことが、可能なかぎり壮麗に起こらねばならぬ！――声が熱狂的に歌うように、焔が物質とエーテルのあいだで狂おしく歌い――そしてまた物質からエーテルへと怒り狂って唸り飛びかかるように、――大いなる〈舞踏〉とは、おお、わが友よ、虚偽の精神と、虚偽である音楽とにすっかりとり憑かれ、無なる現実の否定に酔いしれた、わたしたちの身体全体からの解放ではないだろうか？――見たまえ、焔が焔に置きかわるように跳躍するあの身体を、見たまえ、何とその身体が真実なるものを踏みつけ、踏みにじっているかを！　いかにその身体が、みずから身を置く場所を、怒り狂いまた喜ばしげに、破壊しているかを、そしてまたいかにその身体が、みずからのかずかずの変化の過剰に陶酔しているかを！

それにしても、いかにそれは精神と戦っていることか！　きみたちには見えないだろうか、身体が魂を相手に速さと多様性を競おうとしていることが？――身体は、精神が自由と遍在性とを所有していると思い、それを奇怪なまでに嫉妬しているのだ！…

おそらく、魂の唯一にして永遠の対象は、実在しないものなのだ。かつては在り、いまではもはや在らぬもの、――やがては在るであろうが、まだ在らぬもの、――可能なるもの、不可能なるもの、——そこにこそ魂がかかわるものがあるが、在るところのものは、断じて、断じて、そこにはない！

ところで、在るところのものに他ならぬ身体、それがここではもはや広がりのなかには収まりがつかなくなっている！——どこに身を置いたらいいのか？——どこに向かって生成してゆくのか？——この〈一なるもの〉は〈すべてなるもの〉を気取ろうとしている。それは魂の普遍性を演じようと望んでいるのだ！　それはみずからの行為の数を重ねて、自分の同一性に治療を施そうと望んでいる！　物体でありながら、出来事となって炸裂するのだ！——それは激昂する！——そして昂奮した思考があらゆる物質に触れ、時間と時間、瞬間と瞬間のあいだで振動し、ありとあらゆる差異を跳び越えるように、そしてまたわたしたちの精神のなかでさまざまな仮説が均衡のとれたかたちに形成されてゆくように、さらにまたかずかずの可能なるものが整理され、ひとつまたひとつと数えあげられてゆくように、——この身体は、そのすべての部分で行使され、みずから自身と結合して、ある形態から別の形態へとつぎつぎと移りながら、みずからを示し、そしてたえず自己自身から外へ出る！　結局のところこの身体は、ついにはこの上なく活発な交換のただなかにおいて、まさしく焔に喩えられるこの状態に身を置くことになる……　もはや《動き》などという言葉を口にすることはできない……　四肢を、それが行う行為と区別することができないのだ……

そこにいた女は無数の姿態《フィギュア》によって貪り喰われている……　活力の火花が飛び散るさなかに包まれたあの身体は、わたしに、ある無限の思考を提示してくる。すなわち、わたしたちは自分の魂に、もともと柄《がら》ではないたくさんの事柄を求めて、わたしたちを啓発し、予言し、未来を推測してくれと要請して、〈神〉を発見してほしいとまで懇願するのだが、――それと同じように、あそこにある身体は、自分自身の完全なる所有へ、そして栄光の超自然的な頂点へと到達することを望んでいるのだ……　だが、魂にとっては身体にとってと同じで、〈神〉と、魂自身に要求される英知と深さとは、瞬間でしかなく、瞬間でしかありえない、閃光、よそよそしい時間の断片、みずからの形態の外への絶望的な跳躍でしかなく、そうでしかありえないのだ……

パイドロス　ご覧なさい、ご覧なさい！…　彼女はあそこで踊っており、ここであなたがわたしたちに語ろうと試みているものを両の眼に浮かべている……　彼女は瞬間を眼に見させてくれる……　おお、何という宝石を彼女は横切ってゆくことか！…　彼女は仕草を星の煌めきのように投げかける！…　彼女は、まさしく〈時〉の眼の下で、彼かずかずの不可能な姿勢を自然から奪いとる！……〈時〉はたやすく欺かれてしまう……　彼女は不条理を横切っても罰せられることがない……　不安定のなかで神のごとくであり、不安定をわたしたちの眼差に贈り物として差し出すのだ！……

エリュクシマコス　瞬間が形態《フォルム》を産み、そして形態は瞬間を見せてくれる。

パイドロス　彼女はみずからの影を逃れて空中高く舞いあがる！

ソクラテス　わたしたちが彼女の姿を見るのは、これから落ちてくるという様相において他にない……

エリュクシマコス　彼女は全身を、敏捷な手と同じくらい解きはなたれ、同じくらい緊密に結びついたものたらしめました……　わたしの手だけが、彼女の全身のあの制御ぶり、あの楽々とした動きを真似ることができるのです……

ソクラテス　おお、わが友よ、きみたちは、がくんがくんと、まるでしだいに強く繰り返して打たれるようにして、酔いがまわってくるのを感じないだろうか、あそこで足を踏みならし、もはや激情《ダイモーン》を黙らせ隠しておくことのできぬあの客人たちすべてと、自分がすこしずつ似てくるように思えないだろうか？　わたし自身も、異常な力に犯されているような感じがしている……　というか、わたしはそういう力がわたし自身から出てゆくように感じている、そのような能力が自分のなかにあるなどとはまるで知らなかったわたしなのに。響きのよく、反響し、跳ね返る世界のなかで、わたしたちの魂を前にして繰りひろげられるこの激烈な身体の祝祭は、光明と歓喜を提示してくる……すべてはますます荘厳になり、すべてはますます軽やかになり、すべてはますます活きと、ますます力強くなる。すべては別の仕方でも可能となる。すべては、かぎりなく繰り返して始まることができる……　強い女と弱い女との交替の魅惑には何ものも抵抗できない……　叩け、叩け！…　物質は拍子をとって打たれ、叩かれ、ぶつけられる。地面は激しく打ち鳴らされる。つよく張られた太鼓の皮と琴の弦とが、激しく打ち鳴らされる。両の掌と踵とが、時を激しく打ち、叩き、歓喜と狂気を鍛造する。そして、すべてのものが、きっかりとリズムを刻んで錯乱し、支配するのだ。

しかし、しだいに大きくなっては跳ね返る歓喜は、あらゆる限度を乗り越えようとして、人びとのあいだの壁に破城槌を打ちつけては、それを揺るがせる。男も女も、拍子をとって、歌を喧噪にまで導いてゆく。あらゆる人びとが同時に打ち、歌い、そして何ごとかが大きくなり、高まってゆく……　生命の輝くばかりの武器のすべてがぶつかりあう騒音が聞こえる！…　シンバルの音がわたしたちの耳もとで、密かな思念のいかなる声も圧しつぶしてしまう。それは、青銅の唇同士の接吻のように騒々しい……

エリュクシマコス　と、こうするうちにアティクテは最後の姿態《フィギュア》を提示しています。彼女の全身が、あの太く力強い親指に支えられて移動してゆきます。

パイドロス　手の親指が太鼓の上をこすってゆくように、彼女の全身を支える足の親指は地面をこすってゆく。あの指にどれほどの注意力がこめられていることか。どれほどの意志の力が彼女をこわばらせ、あの尖端の上に保持していることか!… だが、見たまえ、今度は彼女は旋回しはじめた……

ソクラテス　彼女は旋回する、——永遠に結びついていたものが分離しはじめる。彼女は廻る、廻る……

エリュクシマコス　まさしくあれこそは異次元へと進入することだ……

ソクラテス　至高の試みだ…… 彼女が廻る、すると眼に見えるすべてが、魂から離脱してゆく。彼女の魂に付いた泥のすべてが、ついに、この上なく純粋なものから分離してゆく。人間たちと事物とは、やがて彼女のまわりで、漠とした円形の滓《かす》をなしてゆくだろう……

見たまえ…… 彼女は廻る…… ひとつの身体が、その力だけで、そしてその行為によって、じつに力強く、事物の本然《ほんねん》の姿を深く深く変容させることができるのだ、――精神が、かつて一度なりと、その思弁と夢想において到達しえなかったほどの深みにまで！

パイドロス　まるでこれは永遠に続けられてゆくみたいだ。

ソクラテス　こんなふうに続けてゆけば、死んでしまいかねない……

エリュクシマコス　眠るでしょう、おそらくは、魔法の眠りで眠りこむでしょう……

ソクラテス　彼女は、動きのただなかで、不動と化して憩うだろう。孤立して、孤立して、世界の中心軸さながらに……

パイドロス　廻る、廻る……　倒れる！

ソクラテス　倒れた！

パイドロス　死んでしまった……

ソクラテス　汲み上げつくしたのだ、彼女の第二の力を、みずからの構造の深奥に隠されていた宝を！

パイドロス　神々よ！　彼女は死んでしまうかもしれない……　エリュクシマコスよ、行きたまえ！…

エリュクシマコス　こういう場合には、わたしは慌てないことにしている！　もし、ことがうまく収まることになっているならば、医者はことの成り行きを妨げず、神々と同じ足どりで、治るほんのすこし前に到着するのがふさわしい。

ソクラテス　けれども、やはり見に行かなければ。

パイドロス　何と、彼女は蒼白だ！

エリュクシマコス　休息の作用を待つことにしよう、休めば、彼女は運動から癒されるのだから。

パイドロス　きみは彼女が死んではいないと思っているのかい？

エリュクシマコス　あのじつに小さな乳房を見たまえ、あの乳房は生きることしか求めていない。見たまえ、何と弱々しくあの乳房は脈搏っていることか、時間にぶらさがるようにして……

パイドロス　ありありと見えます。

エリュクシマコス　鳥は、ふたたび飛びたつ前に、すこうし翼を羽ばたかせるものだ。

ソクラテス　ずいぶん幸せそうに見える。

パイドロス　彼女は何と言ったのです？

ソクラテス　何か独り言をつぶやいた。

エリュクシマコス　「何ていい気持！」と言ったのですよ。

パイドロス　手足にスカーフの絡まった、あの小さな塊が揺れ動いている……

エリュクシマコス　さあ、お嬢さん、眼を開けましょう。いまの感じはどう？

アティクテ　何も感じないの。死んではいないわ。けれど、生きてもいないの！

ソクラテス　どこから、おまえは戻ってきたのかしら？

アティクテ　避難所、避難所、おお、あたしの避難所、おお、〈渦巻〉！――あたしはおまえのなかにいた、おお、動きよ、あたしはありとあらゆるものの外にいた……

樹についての対話(1)

ルクレティウス(2)　こんなところで何をしているのか？　ティティルス、この山毛欅《ぶな》の根本でくつろいでいる木蔭を愛する男よ、葉ごもりの織りなす大気の金色のなかに眼差をさまよわせて。

ティティルス(3)　わたしは生きているのです。待っているのです。指のあいだにはわたしの横笛が用意されて、わたしはみずから、いまのこのすばらしい時間さながらと化しています。わたしは万物のあまねき恵みの道具となりたい。わたしは自分の身体の重みのすべてを大地に委ねています。わたしの両の眼は彼方高く、光の打ちふるえる塊のなかに生きています。ご覧なさい、〈樹〉がわたしたちの上で、わたしのために神々しい暑熱を遮りながら、それをどれほど愉しんでいるように見えるかを。欲情のみなぎるそのありようは、かならずや女性的な本質のものでしょうが、わたしにその名を歌いかけるように、また静かに自分を吹きぬけてはなぶる微風に音楽的な形象をあたえるようにと求めているのです。わたしはわたしの魂を待っているのです。待つということには大変な値打ちがありますよ、ルクレティウス。わたしはわたしの唇の清らかな行為が訪れてくるのを感じることでしょう、そして山毛欅の樹に夢中になっているわたし自身のうちの、わたしには未知のもののすべてが、もうすぐふるえようとしています。おお、ルクレティウス、これは奇蹟ではないでしょうか？　ひとりの牧人《ぼくじん》、羊の群を忘れたひとりの男が天空に向けて、〈樹〉と瞬間との、束の間の形態といわば裸形の観念とを注ぐことができるなんて。

ルクレティウス　いや、ティティルス、その気になれば、精神が精神自身の素朴な謎へと還元できないような奇蹟も驚異もありはしない……　このわたしはわたしで、おまえの樹を考えて、それをわたしなりに所有するのだ。

ティティルス　でもあなたは、物事を理解するのがお仕事です。あなたはこの山毛欅の樹について、もしもかりにこれが何か考えを起こして自分自身を把握できると信じてしまうように誘いこまれたら、山毛欅自身もいくばくかを知ることができましょうが、あなたはそのいくばくかよりも、はるかに多くを知っていると夢想していらっしゃる……　だがこのわたしは、自分の幸福な時々のことしか知ろうとは思いません。今日、わたしの魂は樹となっています。昨日は魂が泉だと感じていました。明日はどうか？……　祭壇の香煙とともに空へとあがってゆくでしょうか、それとも悠然と羽ばたく禿鷹の力を感じながら野の上の高みにいるでしょうか、わたしにわかりましょうか?
ルクレティウス　とすればおまえは変身に他ならぬわけだ、ティティルス……
ティティルス　それはあなたのおっしゃるべきこと。深遠なことはおまかせします。けれども、この木蔭の塊が、この日中の焔のただなかで、涼しさの小島のようにあなたを引きつけるからには、瞬間を停止させて、それをお摘みとりになったらいかが。わたしたちふたりで、この幸福を分かちあい、ふたりのあいだで、あなたのこの〈樹〉についての知識と、この樹がわたしに感じさせる愛と讃美とを交換しあうことにいたしましょう……　巨大なる〈樹〉よ、わたしはおまえを愛し、おまえの肢体に狂おしいほどだ。数多の腕を差し伸べる大いなる〈存在〉よ、どのような花にせよ、どのような女にせよ、おまえにもまして、わたしを感動させ、わたしの心から、より優しい熱狂を引き出すものなど存在しない……　おまえもよく知っていよう、わが〈樹〉よ、わたしが朝まだきからすでにおまえを抱擁しに来ることを。わたしは苦く滑らかな樹皮に唇をあてて、自分が同じわたしたちの大地そのものの子であることを感じる。おまえの一番低い枝に、わたしは自分の帯と袋を掛ける。おまえのこんもりと繁った葉蔭から、一羽の大きな鳥が突然激しい音をたてて飛びたって、おまえの葉ごもりのあいだを逃れてゆく、驚き、またわたしを驚かせて。しかし、怖れを知らぬ栗鼠《りす》は降りてきて、わたしのほうへと走りよる。近寄ってわたしとわかるのだ。優しく曙が生まれ、そしてものみなすべてが名乗りをあげる。それぞれにみずからの名前を言う、というのも新しい一日の火が、こんどはそれらひとつひとつを目覚めさせてゆくのだから。吹きそめる風がおまえの高い枝のなかでざわめく。風はそこに泉を置き、わたしは清冽な大気に耳を傾ける。しかし、わたしに聞こえるのは〈おまえ〉だ。おお、渾然とした言語、おまえを揺り動かしている言語よ、わたしはおまえの声のすべてをひとつに溶けあわせたい！　風にそよぐ十万もの葉は、夢見る人が夢の力に囁くところを語る。わが〈樹〉よ、わたしはおまえに答える、おまえに語りかけ、わたしの密やかな想いを告げる。わたしの真実の全体、わたしの田園の願望の全体を。おまえはこのわたしのことならすべてを知り、もっともおまえに近いもの、この上なく簡素な生活の素朴な悩みを知っているのだ。わたしは、ここではわたしたちふたりきりかどうか、あたりを見回し、そしておまえにうち明けるのだ、わたしが何であるかを。あるときは、わたしはガラテイア(4)を嫌っていると白状し、あるときはふとした思い出に逆上して、おまえをその思い出の女性だと見なして、わたしは一個の熱狂と化し、物狂おしく偽り装おうと望み、夢とはちがう何か、生きているものに、追いつき、捉え、噛みつこうと欲する……　しかしまた他のときは、わたしはおまえを神とする。おまえは偶像なのだから、おお、〈山毛欅〉よ、わたしはおまえに祈るのだ。どうして祈っていけないわけがあろう？　わたしたちの田園には数多の神々がいる。まことに下劣な神もいる。しかし、おまえ、風がおさまり、〈太陽〉の壮麗が、ひろがりのなかにあるすべてを鎮め、圧しつぶし、照らしだすとき、おまえは真昼の神秘の燃え上がる重みを、おまえの四方に分岐する四肢の上に、無数の葉の上に支える。そして時間はおまえのなかにすっかり眠りこんで、ただ昆虫の大群の苛立たしいざわめきによってのみ持続する……　そのとき、おまえはわたしには一種の神殿のように思えて、わたしにはおまえの至高の簡素さに捧げないような苦しみもなく、喜びもない。

ルクレティウス　おお、みごとな言葉の扱いよう！　おまえはすばらしく身をふるわせている。わたしはおまえの言葉に耳を傾け、おまえに感歎する……

ティティルス　いいえ。あなたにそんなことはできますまい。あなたはわたしの〈樹〉など嗤《わら》って、ご自分の〈樹〉のことを想っていらっしゃる。わたしの横笛などあなたにとっては、微風が死すべき者の唇から洩れだすときの、微風の玩具にすぎない。横笛は瞬間の表面にさざ波を立て、聴覚を愉しませる。しかし、力強く深遠な魂にとって、それは何でしょう？　せいぜいのところ、あるかなきかの香りでしかありません。わたしの声は思考の影を追うだけです。しかしあなたにとっては、偉大なるルクレティウスよ、そしてまたあなたの密やかな渇望にとっては、言葉は、ひとたび歌としてうたわれたあとは、いったい何でしょう？　そのとき、言葉はもう真実を追究する力を失ってしまう……　そうです、わたしは〈樹〉がわたしに教えるものの価値を知っています。樹はわたしに感じてもらいたいと望むことをわたしに語る。わたしは、みずから愛するところを第二の悦楽に変えて、〈天空〉からわたしのところにやってくるものを風に委ねる。それだけのことで、それ以上でもなく、それ以下でもない……　いやいや、なにしろ単純な男ですから、わたしは自分の快楽がわたし以外の他のものを汲みつくすことなど望んでいません。しかし、あなた、神々をも打つような稲妻を希望しながら、額にご自分でつくられる暗い影をみなぎらせて、みずから満身すなわち精神となり、あなたの両の眼は光に対して閉ざされ、存在するものの実相をあなたの内部に探っていらっしゃる。陽光へと現れるものは、あなたの理性にとって何ものでもなく、わたしたちの樹がかろやかな風につぶやくもの、風のかすめる梢の頂きの静かなおののき、ひろがる枝々全体の豊かなたゆたい、そして何の屈託もなく囀るその翼ある住民たちのすべて、そのようなものがあなたに何のかかわりがありましょう？あなたは物の本性(5)を求めていらっしゃる……

ルクレティウス　この大いなる〈樹〉はおまえにとってはおまえの気まぐれな幻想にすぎない。おまえはそれを愛しているつもりだが、ティティルスよ、じつはただそこにおまえの魅惑的な気まぐれを見て、それに樹の葉を着せているだけだ。おまえはおまえの讃歌しか愛していないが、そういうおまえがわたしには気に入っている。堂々たる〈山毛欅〉から、おまえは歌をうたう材料を採り、その形態《フォルム》の渦巻と晴れやかに啼く鳥、真昼の燃えあがるさなかにおまえを迎えるその緑蔭を採って、学芸の女神たち《ムーサイ》の恵みを全身に浴び、おまえはかぼそい葦笛で、巨木の魅惑を讃えるのだ。

ティティルス　さあ、それではあなたご自身がお歌いください、そうやって自然に、大地に、雄牛に、岩に、海に命令するのです。波には掟を、花々には形態をおあたえなさい！　頭のない怪物である宇宙、人間のうちに理性の夢をみずから求めている宇宙のために、考えてやってください。けれども、あなたに耳を傾ける単純な男を軽蔑なさらないで。その男のために、真実の闇の宝庫の扉を開いてやってください。この山毛欅についてて、あなたは、わたしどもよりもいささか多く、何を知っておられるのでしょう？

ルクレティウス　まずはじめに、この荒々しい力、この伸びた四肢のたくましい立木をよく見てみたまえ。生命が、朔風《きたかぜ》の重みを支え、竜巻の通過にも揺るがぬに必要な、この充実した材質を造ったのだ。母なる分厚い大地の水が、何年にもわたって深く深く汲み上げられて、陽の光のもとにこの固い実質をもたらす……

ティティルス　石のように固く、石のように彫刻できるものですね。

ルクレティウス　それは最後には小枝となり、小枝は最後には葉となり、そしてついには山毛欅の種子が到るところへと逃れて、生命を撒き散らすだろう……

ティティルス　仰ることはわかります。

ルクレティウス　だから、この大いなる存在のなかに一種の大河を見てごらん。

ティティルス　大河ですって？

ルクレティウス　活き活きとした大河だ、そのかずかずの源は大地の暗い塊のなかに潜って、そこに彼らの神秘な渇《かつ》えの道を見出す。それは、おお、ティティルスよ、岩を相手に摑みあいをする水蛇《ヒュドラ》、成長し分岐して岩を抱きしめる水蛇なのだ、湿気に誘われて、ますます細くなり、かつて生きたあらゆるものを溶かしこんでいる重々しい闇夜を浸す水の、ほんのわずかな潤いまでも呑みつくそうとして、細い髪のように乱れもつれてゆく。どのような醜い海の動物でも、大地の深みと水けのほうへの進行を盲目的に確信している、この根の叢生ほど貪欲で多様なものはない。しかし、この前進は、それを時間のように仮借ないものたらしめる緩やかさをもって、抗いがたく進んでゆく。死者と土竜《もぐら》と蛆虫《うじむし》の帝国のなかに、樹の作業は、奇異な地下の意志の力を差し入れるのだ。

ティティルス　何という驚異をあなたはお話しになることか、おお、ルクレティウスよ！……けれども、お言葉を聴きながらわたしが何を想ったか、申しあげましょうか？千もの細い繊維のかたちで、活き活きした実質を影のなかへと差し入れて、眠る大地のなかから液汁を汲みあげてゆく、あなたの油断のならぬ樹から、わたしの想い浮かべるのは……

ルクレティウス　言ってみたまえ。

ティティルス　愛を想い浮かべるのです。

ルクレティウス　どうして、そうでないことがありえよう？　おまえの悟性のなかで、おまえの牧人の魂のほうへと、わたしの言うところが入りこんで、その谺《こだま》を見出す。つまり、わたしの言葉が、ティティルスよ、存在のあの一点、あの核心に触れたのだ、統一がそこに存し、同じひとつの思考が宇宙を照らしつつ、その思考の類似の全秘宝がわたしたちの内部で輝き出るその一点に……

ティティルス　はて…… 仰ることがわたしには晦渋で、おお、ルクレティウス。

ルクレティウス　わたしには言いたいことがよくわかっている。それでいい。だから、気楽に話したまえ、お望みなら愛について。けれども、わたしとしてはむしろ、その変身ぶりを歌ってほしい…… いったいどうして、おまえの精神のなかで、成長してゆく植物が、おまえに愛を、あの快楽への欲求を想わせたのか？

ティティルス　快楽ですって？ 愛はそれほど単純な本質のものではありません。

ルクレティウス　それが普遍的な本能よりもましだとでも思いたいのかな？ 愛とは運命によって鍛造された突き棒にすぎぬ。

ティティルス　突き棒ですって！… しかもあなたは、わたしの魂がひとりの牧人の魂だと仰る！… 突き棒！… あなたは愛を牛飼いの槍としかお考えにならない！ あなたの想い抱く愛は、雄山羊や森の獣たちの愛でしかない。これらの禽獣たちは、発作的に、みずからの精液に酔って、発情期には、自分の肉体をこの生命ある毒から解放しようと見苦しく努力している。この連中は出会いがしらに愛もなく愛するのです。わたしもそれをよく存じております、ときにはそれにかかわって、自分の好みの子山羊を欲しくなると、好き勝手に、雄と雌をかけ合わせている羊飼いなのですから。

ルクレティウス　かくしてここで運命がティティルスによって行く手に介入されるわけか……　おまえは巡り合わせが模索している暗がりのなかに手を差し伸べるわけだ……　おまえはいかさまをするのだね……

ティティルス　でもそれが人間たちの営みではないでしょうか、人間たちのもつ精神の全体は、その営みで自然を苦しめ、みずからの生を当惑させ、死を欺こうと望むのですから。

ルクレティウス　わたしの抽象的な葡萄棚の下に迷いこんではいけない。警句と理屈はわたしにまかせておきなさい。わたしは、おまえが結びあわせるのを好んでいる樹と愛とを、待ちつづける。よければ、おまえの自家製のことどもを歌ってくれたまえ。おまえの歌ならわたしの耳は信用するが、おまえの哲学には興味を覚えないのではないかと怖れるので。

ティティルス　ではお聴きください。こんなものを思いつきました。

愛はかぎりなく果てにまで成長しないならば何ものでもない。
成長こそがその掟、同じままにとどまれば、それは死んでゆく、
愛に死することなき者のうちに死んでゆく。
たえず癒されることのない渇えに生きているもの、
肉の根をもつ魂のうちなる樹
潑剌たる生命に生きることにより生きている樹
この樹は一切によって、甘きにより苦きにより
そしてまた優しきによるよりは、はるかに酷《むご》きによって生きる。
わが弱さのうちに、ふしぎな活力を
ひろげて止まぬ〈愛の大樹〉よ、
心がみずからに守るかずかずの瞬間は
おまえにとって葉ごもりと光の矢だ！
しかれども幸福の陽光を浴びて
真昼の黄金のなかにおまえの悦びが花と咲くあいだに、
変わらぬおまえの渇えは深まるにつれ強まって、

蔭のうち、涙の泉に、水を汲む……

ルクレティウス　それは詩ではないね。これは謎に類する。

ティティルス　即興で歌ったのです。これは未来の詩の第一期にすぎません。あなたが先ほどこの〈樹〉について語られたことが、わたしに〈愛〉を想わせました。〈樹〉と〈愛〉、それはふたつとも、わたしたちの心のなかで、一個の思念《イデー》へと結びあわさることができます。どちらも、知覚できぬほどの芽から生まれて、大きくなり、強くなって、ひろがり、枝を張ってゆく。けれど、それは空のほうへと(あるいは幸福のほうへと)昇れば昇ってゆくだけ、それだけ、わたしたちがそれと知らずにそうであるところのものの、暗い実質のなかへと降りてゆかねばなりません。

ルクレティウス　わたしたちの大地のことか?…

ティティルス　そうです……　そこ、暗闇のただなか、わたしたち人類に属するものと、わたしたちの生命物質に属するものと、わたしたちの回想およびわたしたちの隠れた力と弱さに属するもの、そしてさらにかならずしもつねに在ったわけではなく、在ることを止めねばならぬという不定形な感情をなすものとが、溶けあい、混じりあっている暗闇のただなかに、わたしが涙の泉と名づけたもの、つまり〈言語を絶したもの〉が見出されるのです。というのも、わたしたちの涙とは、わたしの意見では、わたしたちの表現することの無能力、言い換えればわたしたちがそうであるところのものの圧迫から言葉によって逃れきれぬという無能力の表現なのですから……

ルクレティウス　牧人としては深遠なことを言うね。ではおまえはいつでも泣いているのかね？

ティティルス　いつでも泣くことができます。そして牧人の身ではあれ、わたしはこう観察したのです、およそいかなる思想であれ、魂のぎりぎりのきわにまで追いつめてゆけば、わたしたちを言葉のない辺境、あの無言の辺境、そこにはただ、あの永遠と偶発と束の間の混合、つまりわたしたちの巡りあわせがわたしたちに感じさせる憐れみと優しさと一種の苦さだけが存続しているような辺境です。

ルクレティウス　つまりそういうことにおまえは思いを凝らしているわけか？　おまえが眠る羊の群を見張りながら、夏の夜々を過ごしているときに。他方で満天の星辰という家畜たちの群は、地平線の上のそこここに音もなくきらめく稲妻にたえず悩まされ、思いがけなく飛ぶ流星に横切られながら、時間を食《は》んでいるように思え、そして羊の群が一歩一歩とおのれの道を喰らってゆくように、たえまなく未来を喰らっているように思えるそのときに。

ティティルス　何をしたらいいというのです？　あの夜の時間には、〈樹〉は考えているように思えます。それは夜陰の存在です。鳥たちは眠りこんで、ただ〈樹〉だけをひとり生きさせています。〈樹〉はみずからのうちで身ぶるいする。まるでひとり言を言っているかのように。恐怖の想いがそのなかに棲みついている、ちょうど、深夜、わたしたちが相手としては自分だけしかなく、まったく自分の真実のままになっているとき、恐怖の想いがわたしたちに棲みつくように。

ルクレティウス　そのとおりだ。わたしたちとして怖れるべきは、ただわたしたち自身だけだ。神々も運命も、わたしたちの感じやすい心の琴線の裏切りによるのでなければ、わたしたちに何の働きかけもできない。わたしたちの一段と低い魂に対して、神々と運命は卑劣な支配をする。それらの権力はけっして〈英知〉の仕業ではない。そうではなくて神性は弱々しい身体たちのなかに、至高の論拠として、賢者の拷問を見出すのだ。

ティティルス　けれども火こそは〈樹〉の終末そのものではないでしょうか？　〈樹〉

の存在がまったく激烈な苦痛となるとき、それはわが身をよじります。よどみ腐った水に浸蝕され、害虫に蝕まれて、朽ち滅んでゆくよりは、光と純粋な灰と化してゆく……

ルクレティウス　ティティルスよ、それらの禍のなかからもし選べるものなら、どれかを選びたまえ！　だが、そんなことは考えぬに如《し》くはない。それほど無益なことがあろうか？　というのも禍は、いよいよ禍として来るとなると、それ自体で充分に明瞭なのだから……　しかし、もしわたしがおまえのため夜々の伴侶となり、この〈樹〉の根本でふたりとも夜陰にまぎれて姿も見えず、ただわたしたちのふたつの声と化し、数多の星辰の重荷にともども圧しひしがれてただひとつの存在と化したならば、わたしはおまえに語るだろう、おまえに歌うだろう、わたしの〈植物の観念〉の内的凝視がわたしに歌いかけ、語りかけ、魂のなかで否応なしに聴かせてくるところを。

ティティルス　わたしは夜のなかで恭《うやうや》しくお言葉に耳を傾けましょう。わたしは自分の無知の感覚も失くしてしまうことでしょう。仰ることのすべては理解できますまいが、これ以上に確実な幸福、これ以上に不朽の一刻など到底想い抱けないほど、お言葉に聞き惚れることでしょう、これ、こ、れ、こそは真理であれかしという大いなる欲望とともに、精神の大いなる恍惚とともに……

ルクレティウス　讃歎する人間は花のように美しい。

ティティルス　失礼いたしました。せっかく〈植物の観念〉についてお話しなさろうとしていたところに、つい口をはさまずにはいられなくて……

ルクレティウス　どの植物もひとつひとつ作品だと、おまえは思わないか、そしておよそ観念なくして作品は存在しないということを、おまえは知らないのかな?

ティティルス　けれど作者が見あたりませんが……

ルクレティウス　作者などほとんど不必要な細部にすぎない。

ティティルス　お言葉には驚きます……　あなたはこのティティルスをなぶりものにしておられる!……　これでもわたしは理性的な動物でして、およそ何ごとにもその原因が必要だということくらい、あなた同様に承知しております。在るものはすべてかつて造られました。何ごとも、人間か神かのだれかしらを、ある原因を、ある欲望を、ある行為可能力を前提としております……

ルクレティウス　何ものも自力では在りえない、原因なく、理由なく、先行する目的なくしては在りえない、おまえはたしかにそう思うのか?

ティティルス　もちろんです。

ルクレティウス　おまえはときに夢を見るかな?

ティティルス　夜明け前には毎日見ております。

ルクレティウス　名高きメムノン(6)の彫像の花崗岩に、生まれつつある日が働きかけて鳴り響かせるのと同じように、メムノン=ティティルスは曙に、自分だけのうちで、自分だけのために、ふしぎな物語をいろいろと即興するというわけか…… けれど、おまえの夢は、ティティルスよ、いったい何らかの値打ちがあるのかね? 目覚めてみると夢見られただけの値打ちがあるのかしら?

ティティルス　まったく美しい夢もあります…… まことに真実な夢もあります!…… 神々しい夢もあります…… またあるものはまったく陰惨です…… ときには、まことに奇怪で、だれか他の眠るひとのためにつくられたものと思うくらいのものもあります、まるで夜のなかで夢が、心そこにない者、無防備な魂を間違えたかのようで…… あまりにも甘美であったために残酷な夢もあります。ある幸福感がわたしを満たそうとするまさにその瞬間に破れて、わたしは夜明けに真実の岸辺に置き去りにされるのです…… わたしの身体はまだ愛に打ちふるえているのに、精神は承知せず、自分の身体の消えゆく動悸を冷ややかに見つめている…… まっぷたつに切られた蛇の、ふたつの胴体が別々にのたうちまわる……

ルクレティウス　そうやって、おまえは見世物をやむなく見せつけられる見物人にすぎなかったわけだ。しかしだね、どうだろう聞かせてくれたまえ、だれがいったいその劇の作者だったのだろう？

ティティルス　作者ですか……　まったくわかりません。だれも見あたりません。

ルクレティウス　おまえではないのか？

ティティルス　確実にわたしではありません、というのもこの眠りの戯れは、このわたしがそれらの組立てから閉め出されていないことには、かたちづくられようがないのですから。さもなければ、恐怖も驚きも魅惑もありません。

ルクレティウス　つまり作者はいないのだ。よくわかっただろう、ティティルス。つまり作者のいない作品とは不可能ではない。いかなる詩人もおまえのためにそれらの幻影を仕組んだのではないし、そしておまえ自身にしても、けっして、おまえの夢のそれらの歓喜、それらの深淵を自分から引き出したわけではなかろう……　作者はいない……　つまり、ひとりでに、原因なしに形成されて、おのれの運命をみずからつくりあげてゆくものがあるのだ……　だからこそ、あらゆることに制作物とははっきりと区別されるひとりの芸術家と彼の目的とを見出したがる無邪気な論理を、わたしは、死すべき人間どもの精神の、いかにも子供っぽい要請へと突き戻すのだ。〈人間〉は地上や天空に見るものすべて、星辰、動物、季節、規則らしい外見、的を射た予測もしくは調和の見かけを前にして、素朴に訊ねるのだ、だれがこれをつくったのか？ だれがこれを望んだのか？と。一切を、わたしたちの手からつくられるあの何らかの品々、わたしたちの容器、道具、住居、武器、つまりわたしたちの諸要求が産みだすあらゆる物質と精神の合成物に比較しなければならぬと思ってだな……

ティティルス　でもあなたはご自分ではそれらの物の本性をよりよく捉えているとお考えで？

ルクレティウス　わたしは不可分の方式を模倣しようと試みている……　おお、ティティルスよ、わたしたちの実体のなかの、そう深くないところに、あらゆる生命を同じように産みだす同じ能力がひそんでいると、わたしは思う。およそ魂のなかで生まれる一切は、本性そのものだ……

ティティルス　何ですって、わたしたちのもとにやって来る一切が本質的だと仰るのですか？

ルクレティウス　いや、わたしたちのもとにやって来るすべてではないが、まさにその、やって来る、ということ自体がだ。おまえにははっきりと言うが、ティティルス、およそ生きているもの一切のあいだには、ある密やかな絆、ある類似が存在していて、それが憎しみと同じく愛を産みだすのだ。同類が他の一個の同類を愛撫し、あるいは喰らいつくす。狼は、子羊を食べるにせよ雌狼と交尾するにせよ、狼をつくるか、つくり直すかしか能がない。

ティティルス　しかしあなたは〈樹〉をつくるか、つくり直すことができるのですか？

ルクレティウス　さっき言ったように、わたしは自分のなかに〈植物〉のある力が生まれ、成育してゆくのを感じていて、ある胚珠が力をつくし、植物の全生涯をとおして、他の無数の胚珠に向かって前進してゆく、その存在しようと努力する渇望と合体するすべを、わたしは知っている……

ティティルス　お話を遮るようで恐縮ですが……　ひとつ疑問が浮かんだので。

ルクレティウス　いまおまえに言おうとしていたこと（あるいは歌ってきかせようとしていたこと）を聞けば、突然おまえの心の奥底から生じた言葉も泉が涸れてしまうことだろうが。だがいい、話したまえ！…　わたしが「お待ち」と言ったとしても、おまえは、わたしの言葉に耳を傾けるかわりに、心のなかでおまえ自身の言葉に耳を傾けているることだろうからな。

ティティルス　かしこまりました、おお、〈賢者〉であるあなたは、こうお考えにならないでしょうか？　何ごとであれ何かについてのわたしたちの認識は不完全である、もしその認識が、結局のところその何ものかの正確な概念へと還元されるならば、もしそれが真理だけにかぎられるならば、そしてまた素朴な見解を明確な観念へと変え、誤謬あるいは幻覚を排除する検討、実験およびあらゆる形式上の規定遵守の純粋な結果へと変えることに成功したうえで、認識がこの完璧さに満足してしまうならば、と。

ルクレティウス　在るところのもの以上の何がおまえに必要なのか？　真とは理知の自然的な国境ではないのか？

ティティルス　わたしとしては、こう思うのです、現実はいつでも真よりは無限に豊かであり、あらゆる主題について、またあらゆる事柄に関して、人間たちの精神がかならずや産みださずにはおかぬ多くの誤解、神話も、幼稚な物語や信仰もことごとく含んでいる、と。

ルクレティウス　ではおまえは、この雑草が賢者たちによって焼かれ、技術の女神《ミネルヴァ》にとって快い香りを発するのを望んでいないのだね？

ティティルス　もしもあなたがそれを移植して、それだけ別にきちんと栽培すれば、雑草だって雑草であることを止めます。何かそれに用途が見つかりますよ。けれども、単純にして無知なわたしの申しあげたいことは、こんなことです。ひとたび真をがっしりと掴んで、もはや虚しい思いつきに迷い込む怖れがなくなれば、英知はまたもと来た道を引き返して、かつてつくりだされ、捏造され、考えられ、夢見られ、信じられたことの一切、わたしたちの精神のあの驚くべき産物の一切、わたしたちからきわめて自発的に生まれるあの魔術的な奇々怪々な物語を、人間的なものとして、ふたたび取り上げ、拾い集めねばならないのかもしれません……

ルクレティウス　いかにも、真は多くの人工をつくしてでなければ、わたしたちに認識できないということは確実だ(また、これはまことに奇妙である)。これほど自然的でないものはない！

ティティルス　わたしは気がついたのですが、この世には、夢に飾られ、記号と見なされ、何らかの奇蹟によって説明されなかったような事象はないのでして、これは起源と最初の状況を知ろうとする関心が素朴に強ければ強いほど、そう言えるのです。きっとそれだからこそ、名前は忘れましたが、ある哲学者がこんな警句を吐いたにちがいありません、〈はじめに神話ありき〉(7)と。

ルクレティウス　はて、それを言ったのはこのわたしではなかったかな？　何しろわたしはいろいろと言いちらしてきたから、その言葉はこのわたしの言葉かもしれないし、そうではないかもしれない……

ティティルス　あなたは無尽蔵《むじんぞう》ですからね！……ところでわたしの話題に戻りましょう、そこからわたしたちの〈樹〉のことに……〈無限の樹の不思議な物語〉というものをご存じですか？

ルクレティウス　知らんな。

ティティルス　それから愛の実のなる杉のことも何もご存じありませんか？　クシフォス島にある……

ルクレティウス　その杉のことはまるで知らないし、島のほうも何も知らない。

ティティルス　では一番驚くべき話も？

ルクレティウス　一番驚くべき話というのも聞いたことがない。

ティティルス　一番驚くべき〈樹々〉の話というのは、林檎の巨木群《きょぼくぐん》の話で、その林檎の樹々のうちの一本の果実は、その伝説的な果肉を齧《かじ》る者に永遠の生命を授け、他方でもう一本の果実は、ひと口味わったとたんに、食べた者の心のなかに異様な光明を生じ、愛についての事柄にまつわる羞恥心に襲われるのを感じた、というのです。突然に全身が紅潮し、自分の裸体を罪悪のように火傷のように痛感した……

ルクレティウス　おまえの記憶のなかでは何ともたくさんの奇妙な組合せが気ままにしているのだね、ティティルス！

ティティルス　わたしは自分を驚かすものが好きですし、賢者の心のなかでは忘却しかそそらないものばかりを覚えているのです。

ルクレティウス　それで、その無限の樹とやらは？

ティティルス　それは原始のころ、地球が処女地で、人間はまだ生まれず、あらゆる動物もまだいないころにあったのです。その〈植物〉が支配者で、全地表を覆っていました。それだけが至上の生命形態としてあり、神々の眼に、絢爛たる色とりどりの四季の色彩をお目にかけていたようです。個々の植物はそれぞれ本性として不動ですから、植物は種子となって移動してゆき、場所から場所へとひろがってゆきました。その胚珠の数によって（それはおびただしい数を風にのせて無茶苦茶にひろめてゆくのです）、それは、焼きつくせるかぎりのものは焼きつくす火災のように、進み、ひろがってゆきました。いまでも、人間とその労働がなければ、草や灌木はそうなるでしょう。しかし、わたしたちの眼に映るところなど、この草木の力強さのこの英雄時代における、翼ある種子の飛躍につぐ飛躍による征服力の様相にくらべれば、何ものでもありません。ところで(これをよくお聴きください、ルクレティウスよ)、たまたまこうした胚珠のひとつが、ちょうど落ちたところの地味が豊かだったためか、あるいは陽光の恵みを浴びたためか、あるいはまったく別の事情によってか、他のどれにもまして大きくなり、草から樹となり、しかもその樹たるや、まさしく驚異だった！　そうなのです！　その樹の内部に一種の思考と意志とがかたちづくられたらしいのです。それは大空のもと、もっとも大きくもっとも美しい存在となったのですが、そのときおそらくは、自分の樹としての寿命はただ自分の成長のみにかかって、ひたすら大きくなることによってのみ自分は生きているのだと予感したのでしょう、その樹には限度を超えてしまう喬木性の一種の狂気がとりついたのでした……

ルクレティウス　そういう点で、その樹は一種の精神であったわけだ。精神の最高潮はただ成長のみによって生きるのだから。

ティティルス　両脚をひろげてふんばった闘技者が、円柱のあいだに位置して、その円柱を支えて力をつくし、それに劣らず力をこめて、意志にふくれあがった両腕でその円柱を押すように、その樹は、この上なく力強く押す力の根源となり、かつて生命が産んだもっとも緊張した力の形式となったのです。巨大な力なのですが、毎秒毎秒すこしも感じとれずに、いつかは丘のように巨大な巌もすこしずつ持ち上げることができ、あるいは城砦の壁でも転覆させることができたのです。十万年後には広大なるアジア全体を、その影で覆いつくしたという……

ルクレティウス　その影は何とも致命的な暴威をふるったにちがいない！……

ティティルス　そうなのです、至上の〈樹〉はおのれの下を夜にしました。一条の陽光もその葉ごもりをつらぬくことなく、その鬱蒼とした厚みのなかでは、どの風も道を見失い、その額は、大牛どもがつまらぬ小蠅を振り払うように、逆らう暴風雨など寄せつけません。河川はもうなくなっていました、それほど〈樹〉は天と地からじかに樹液を汲みあげてしまうのでした。日照りのつづく青空にその強烈な孤影を屹立《きつりつ》させつつ、それは〈神なる樹〉でありました……

ルクレティウス　まことにふしぎな事件だね、ティティルス。

ティティルス　失礼しました。わたしは、あなたがわたしたちの話題について、もっと深遠で賢明なお話をしてくださろうというのに逆らって、愚かしくもこんなお話をしてしまいました。

ルクレティウス　さあ、このわたしにひとつの〈寓話〉以上にましなことが言えるかどうか……　わたしはおまえに、わたしがときに感じる、わたし自身が〈植物〉であるという感情について話そうと思っていた。考える〈植物〉、しかし自分のさまざまな能力を区別せず、自分の形態を自分の力から、自分の居場所を自分の土地から区別しない植物だ。力、形態、大きさ、そして量《かさ》も持続も、同じ一筋の実在の大河にすぎず、液体が涸れた最後にはきわめて堅固な個体となって終わる満ち潮にすぎない。他方で漠とした成長への意欲は上昇し、炸裂して、種子という無数の軽やかな相のもとに、ふたたび意欲となろうと欲する。そしてわたしは自分が〈植物の典型〉の未聞の企てを生きているのを感じて、空間を侵略し、梢の夢を即興し、泥土のただなかに潜り込んで、大地の塩に酔い、他方で、外気のなかでは、大空の気前のよさへと、数千の緑の唇をつぎつぎと開いてゆく……　大地のなかへと深く入りこんでゆけばゆくほど、空高くへと昇ってゆくのだ。不定形なものを鎖でつなぎ、空虚を攻撃する。一切を自分自身へと変えるために戦うのであり、そこにこそ、この植物の〈理念《イデー》〉がある！……おお、ティティルスよ、わたしには、〈植物〉がわたしに命じてくる、あの力強い、活動的な、そしておのれの意図に厳密に従う瞑想に自分が全存在をあげて参加しているように思えるのだ……

ティティルス　〈植物〉が瞑想すると仰るのですか？

ルクレティウス　世界のなかに瞑想する何者かがいるとすれば、それこそは〈植物〉だ、とわたしは言うのだ。

ティティルス　瞑想するですって？……どうやら、この語の意味がわたしにはわかりにくいようで？

ルクレティウス　そのようなことは気にしないでいい。たったひとつの語が欠けているために、かえって文章全体が活き活きしてくるものだ、その文章はさらにひろく開けていって、精神に対して、空隙を埋めるために、いささかより一層精神となれ、と申し出てくる。

ティティルス　わたしはそれほど強くはありません……　わたしには、一本の植物が瞑想するということが想い抱けないのです。

ルクレティウス　牧人よ、おまえが一本の灌木なり樹木なりについて見るところは、世界の表面をかすめることしかしない無関心な眼に差し出された、外部でしかない、瞬間でしかない。しかし植物は、霊的な眼には、謙虚で受動的な生の単なる一個の対象ではなく、普遍的な織糸の奇妙な願望を提示するのだ。

ティティルス　わたしはたかが羊飼いの身です、ルクレティウスよ、どうか大目に見てやってください！

ルクレティウス　瞑想するとは秩序のなかに深まってゆくことではないだろうか？　分岐する枝をもつ盲目の〈樹〉が、どれほど〈均　整《シンメトリー》〉に従って自分の周囲へと伸びてゆくかを、見てごらん。その〈樹〉の内部の生命は計算し、ひとつの構造を高くそびえさせ、そして枝々とその小枝とによってみずからの数をまわりへと放散させ、その小枝のひとつひとつは、生まれつつある未来のなかにしるしづけられた数多の点そのものへと、みずからの葉を放散させる……

ティティルス　やれやれ、どうやってお話についてゆけましょう？

ルクレティウス　心配するな、とにかくよく聴きなさい。おまえの魂のなかに歌の影が訪れ、創造したいという欲望がおまえの喉もとに迫ってくるとき、おまえは感じないだろうか？　おまえの声が純粋な音のほうへとふくらんでゆくのを。おまえは感じないだろうか？　声の生命もおまえの願望も、おまえを湧き立たせる音波をもつ待望の音へと、ひとつに融けあうのを。そうなのだ！　ティティルス、一本の植物とは、律動が確実な形態を展開し、空間のなかに時間の神秘を展示するひとつの歌なのだ。毎日毎日、植物は、その捩れた骨組の担うところを、すこしずつ高く揚げ、その葉を何千となく太陽に委ねて、葉の一枚一枚は、微風からもたらされるところに従い、みずからの独自にして神的な霊感だと信じるままに、大気のうちのみずからの居場所でうわごとを言って……

ティティルス　おや、あなたご自身が言葉の樹となっておられる……

ルクレティウス　そうだ……　放散する瞑想はわたしを酔わせる……　そしてわたしは感じるのだ、ありとあらゆる語がわたしの魂のなかでざわめくのを。

ティティルス　わたしは、そのみごとな状態のままに、あなたを置いておきます。さあ、わたしの羊の群を集めねばなりません。夕暮れの冷気にお気をつけください、たちまち冷えこみますから。

訳　注

『エウパリノス』

（1）この『建築』と題する大きな図録はNRF社から一九二一年に刊行された。同年の『NRF』誌三月号にも『エウパリノス』本文抜萃が「建築家」と題されて掲載されている。

（2）この献辞の原文は「プロス・カリン」というギリシア語。これまで、ヴァレリーの私的事情があまりわかっていなかったころは、このギリシア語の献辞「プロス・カリン」をギリシア語をそのままに「……を喜ばせるために」と、「……」の部分の省略されたものと解されてきた。しかしじつは、この作品を執筆していたころのヴァレリーの愛人カトリーヌ・ポッジの愛称が「カリン」であることを利用して、ヴァレリーは言葉遊びをするようにこの献辞を書いたと推測できる。なお、『著作集』版（一九三一、『魂と舞踏』、『エウパリノス』の順に収めて、当然のことながら『樹についての対話』は収録されていない）では、別扉として、つまり『魂と舞踏』と『エウパリノス』の両方に関連するかたちで、同じく「プロス・カリン」という献辞がちがう書体で記されている。『魂と舞踏』もまたヴァレリーとカトリーヌとの恋愛の時期に書かれたのである。

(3) ヴァレリーはプラトンの対話篇にならい、その語り口もいくらか真似てこの作品を書いており、プラトンの対話にしばしば登場する「パイドロス」がここでは相手に選ばれている。その名前を標題とした対話篇『パイドロス、または美について』があり、そのためもあって、この作品のなかでパイドロスはしばしば美について語ろうとしている。

(4) アルキビアデス　アルキビアデスはアテナイの将軍、政治家。美丈夫でソクラテスの愛弟子のひとり。プラトンの対話篇『アルキビアデス、あるいは人間の本性について』におけるソクラテスの対話の相手。

ゼノン　エレアのゼノン。プラトンの対話篇には登場しないが、彼の有名な逆説「アキレウスと亀」はヴァレリーの好む逆説でここにも出てくるし、詩篇『海辺の墓地』にも出てくる。

メネクセネス　『メネクセネス、あるいは戦没者の追悼演説』におけるソクラテスの対話の相手。

リュシス　『リュシス、あるいは友情について』におけるソクラテスの対話の相手。

(5) アテナイのそばを流れる河。プラトンの対話篇『パイドロス』では、たまたま出会ったソクラテスとパイドロスは、イリソス河に沿って歩き、「どこかいい場所があったら、腰をおろして静かにやすむ」んで、「恋《エロス》」と「美」の主題を中心に対話を交わす。その思い出からパイドロスは「なつかしいイリソス河」と言ったのである。

(6) 古来のアテナイの港で、長城によって街とつながっていた。

（7）ボレアスは北風の神。『パイドロス』によると、イリソス河のほとりに乙女オレイテュイアがボレアスにさらわれたと伝えられる場所があり、ボレアスをまつる祭壇があった。

（8）『パイドロス』によれば、「アグラの社」とある。「アグラ」はイリソス河を渡った向こう側の土地で、女神アルテミスがデロス島からやって来て最初に狩りをしたゆかりの地である。

（9）メガラはコリントス地峡に栄えた都市。

（10）オルペウス　ホメロス以前の最大の詩人。アポロンより竪琴を授けられた。ヴァレリーは初期の詩『オルペウス』で彼を歌って、オルペウスは「禿げ山を荘厳な戦捷牌に変え」、歌えば「聖殿の諧調的な燦々《さんさん》と輝く高い黄金の壁」を喚起すると書いている。

（11）鎖の細工師とは、ソクラテスが青年を惑わし、神を冒瀆する者として投獄されたことをさす。

（12）アスクレピオスは医術の神、アテナイは学問の神。

（13）パイドロスが語ろうとしていることが、かつてプラトンが対話篇『パイドロス』のなかでソクラテスとパイドロスとの対話として書いた言葉の蒸し返しとなることをからかっている。

（14）十九世紀末の詩人ステファヌ・マラルメをさしている。すこし前にパイドロスが引用した詩句はマラルメの詩『プローズ（デ・ゼッサントのために）』のなかの一行。

（15）ギリシアのパルナッソス山の南斜面にあるデルポイの聖域では、伝承によれば巫女によるアポロンの神託が行われたという。それによると巫女は至聖所にはいり、洞窟のなかの岩床の裂け目から昇る噴気の上に坐して、その煙霧のために神憑《かみがか》り状態になり、祭司と神託をうかがう者たちは隣の部屋から巫女に質問を大きな声で投げかける。質問を聞いた巫女は何ごとかをわめき、その言葉を預言者が聞き取って文章のかたちに書きとめ、それを神々の返答、つまり神託とした。

(16) いずれも想像上の怪物で、キマイラは頭は獅子、胴は山羊、尾は蛇のかたちをして、口から火を噴く怪獣。ゴルゴンは三人姉妹の怪物で、そのうちのひとりメドゥーサは、醜怪な顔をし、髪の一本一本は蛇、青銅の手、猪の歯、巨大な黄金の翼をもち、その眼を見る者は石に変えられるという。

(17) 富と幸運の神であり、また道と旅人の保護神でもある。

(18) ダイモーンは古代ギリシア人が信じた各個人の守護神。とくにソクラテスの場合、彼の行動や思想の原理となるものを合図して知らせる精霊をいう。

(19) ソクラテスの弟子のひとり。『パイドン』によればソクラテスの臨終のときはその場にいた。なお、プラトンは病気で居合わせず、パイドロス自身もいなかったようだ。

(20) おそらくヴァレリーのつくりあげた架空の幾何学者。

(21) この冥界ではソクラテスのように神を敬わなくても雷が落ちてくることもなく、毒人参の刑に処せられることもない、というような意味だろう。

(22) ギリシア語の「ロゴス」のこと。

(23) ローマ神話に出てくる野盗で、ヘラクレスに退治される。

(24) ペレウスの息子とはアキレウスのこと。親友パトロクロスが討たれた仇を返そうとするアキレウスのため、彼の母は火の神ヘパイストスに依頼して、大楯をはじめとする武具をつくらせた。この大楯の壮麗な描写がホメロスの『イーリアス』第十八巻にある。

(25) ヘラスはギリシアの古名で、アッティカは都市国家アテナイの領土であった地域。地中海をはさんでそのアッティカの対岸に北アフリカの王国リビアが位置する。

(26) ダナオスの五十人の娘たち。彼女たちは親の命令で結婚の初夜に花婿を殺害し、そのため死後は地獄で、篩《ふるい》で水を汲むという永遠に果てしない罰を受けた。

(27) 海神ポセイドンの従者で、海豹《あざらし》の番人だった。

(28) ギリシア神話の英雄で、怪力をもって有名なので、その名にかけて語った。

(29) フェイディアスはギリシア最大の彫刻家。ペリクレスはいわゆるペリクレス時代を現出したギリシア最大の政治家。ゼノンは詭弁学派のひとり。アキレウスは亀に追いつかないという詭弁で有名。

(30) ヴァレリーの『邪念その他』のなかに、つぎのようにある。「思考力はおそらく、自然が人類という種にあたえた気まぐれな贈り物にすぎない。それはちょうど、自然が、博物館に見られるあの奇妙な反芻動物や絶滅した反芻動物の角を作りだしたのと同じことだ。それらは武器としてにせよ、飾りとしてにせよ、ひどく大きく拡がっていて、節をなしたり、螺旋状をなしたり、あるいはまたひどく枝分かれしているので、それを頭上に戴く動物にとって役に立たぬばかりか、むしろ有害である。思考力もそうではないのか。どうしてそうでないことがあろう。われわれの頭はさまざまな問題や観念を背負っているが、それらが事実の森の茂みにひっかかり、われわれは自由がきかず動けなくなってしまう。もっとも、そのことを誇りとしないわけではない。そして仕方なく詩や仮説という泣き声をあげる、——誇らしげに、そして絶望して」

(31) パスカルの『パンセ』のなかの有名な一節「この無限の空間の永遠の沈黙はわたしをおびやかす」を踏まえている。

(32) イクティノスは前五世紀の人、アテナイのパルテノン神殿の設計者。クノッソスのケルシプロンは前六世紀のクレタ島の人、エペソスのアルテミス神殿の設計者。スピンタロスは前四世紀半ばのコリントスの人、旅行家パウサニアスによれば地すべりで倒壊したデルポイのアポロン神殿を再建した。なお、ヴァレリーの原文は Spinthanos とあるが、これは Spintharos の誤植であろう。

(33) ギリシア神話に登場する最初の親族殺人者。

(34) アナクサゴラスは前五世紀の著名な哲学者。その名はプラトンの対話篇のなかで何度もソクラテスの口にのぼっている。メレトスは『ソクラテスの弁明』によれば、詩人や作家の代表としてソクラテスを告訴した人。

(35) ピタゴラスもタレスも古代ギリシアの数学者にして哲学者。

(36) 人類が最初に造ったと言われる巨船に仲間たちと一緒に乗り込んで、はるかに金毛の羊の皮を取りにいったという有名な神話がある。

(37) ギリシア名はオデュッセウス。ホメロスに歌われたように、トロイ戦争のあと彼は故郷に帰るまでさまざまな数奇な旅をした。

(38) フェニキアの港湾都市。

(39) プラトンの『パイドン』や『クリトン』によれば、アテナイでは毎年デロス島の祭に使節を送り、アポロンに祈るならわしがあった。船が出るとアテナイに帰るまで、国を清浄に保ち、何びとも国法の名のもとに処刑してはならないという掟があった。ソクラテスの裁判はたまたまこのデロス島への使節が派遣される前日に行われたため、死刑が確定していたにもかかわらず、刑の執行は船が帰還するまで延期され、ソクラテスは裁判と死とのあいだに長い時間を牢獄で過ごすことになった。

(40) 自然の法に反する復讐あるいは罪の追及の女神エリニュスに、彼女たちが多産豊饒をもたらす女神でもあったために、好意ある神としてあたえられた名前。

(41) 古代ギリシアでは葡萄酒が粗悪だったので、これを水で割って飲む風習があった。

(42) これを書いたヴァレリー自身をさしている。

『魂と舞踏』

(1) プラトンの対話篇『饗宴』に登場する医者。酩酊の害を説いたりするので、おそらく生真面目な人物。

(2) ロドピス　史上有名なエジプトの踊り子の名を取ったもの。この名前はギリシア語としては「薔薇色の顔色をした」の意。

(3) ここに列挙された踊り子の名も本文中にもあるように「小さな詩」をなすように選ばれたものだが、それぞれギリシア語としての意味をもっている。ロドニアは「薔薇の園」、ニプスは「雪」、ニポエは「雪が降る」、ネマは「糸」、ニクテリスは「蝙蝠《こうもり》」、ネペレは「雲」、ネクシスは「泳ぐ行為」、プティレは「睫《まつげ》を失った」。なお、これら踊り子たちの数は学芸の女神《ムーサイ》たちと同じく九名。また男の踊り手ネッタリオンは「小さな家鴨《あひる》」の意。

(4) アティクテ　同じくギリシア語で「純潔な」の意をもつ。以上、ギリシア語については明治学院大学教授長谷泰氏のご教示による。

(5) ルイ・セシャンの『古代ギリシアの舞踏』によれば、ヴァレリーはこの『魂と舞踏』を書くにあたって、パイドロスとエリュクシマコスを登場人物とするプラトンの対話篇『饗宴』の他にクセノフォンの『饗宴』も読んだらしいと推測されている。後者には古代ギリシア舞踏のいろいろが語られているが、ここで冗談に語られている「ソクラテスの歯」のことも出てくるとのこと。

(6) ヘラクレス　ギリシア神話の怪力の英雄。

(7) アプロディテ　ヴィーナスのギリシア名。ヴィーナス＝アプロディテはウラノスの精液が海に滴り、そこから生まれた(「アプロス」とは「泡」の意)のであるから、ここにおけるように踊り子を海にたとえることは、アプロディテを讃えることになる。

(8) 「火蜥蜴」は紋章学では「愛の熱烈さ」の象徴である。

『樹についての対話』

(1) この対話は、一九四三年十月二十五日、フランス学士院の例年総会で、ヴァレリーがアカデミー・フランセーズの代表という資格で、演説のかわりに一部を朗読した。初出誌にあたるフランス学士院の年報 *Séance annuelle des Cinq Académies*, Imprimeurs de l'Institut de France, 1943 の冒頭には、ヴァレリーの次の言葉が掲載されている。

「諸君
とある事情――いま偶然が流行しているので、それにしたがって言えば、とある偶然――が、しばらく前に、わたしをウェルギリウスの『牧歌』に戻らせたとき(白状いたしますが、もう長いあいだ、わたしはこれを開かなかったのです)、この復学は、まるで生徒の宿題のようにして、牧歌的対話形式の気まぐれめいた作品を書いてみようという感興を催させました。その一部をこれからお聞かせいたします。一本の〈樹〉の光栄に捧げられた、多少とも詩的なこの言説はティティルスとルクレティウスという人物たちのあいだで交わされるのですが、わたしは両名には無断で、その名前を拝借しました」

ここで言う「偶然の事情」とは、一九四二年、愛書家協会会長ルディネスコ医学博士からの依頼で、ウェルギリウス『牧歌』の原文との対訳形式による刊行を依頼されたことをさす。ヴァレリーはその翻訳を韻文のかたちで書いたのだが、訳文をラテン語の原文と対応させた本は豪華限定本として一九四三年に刊行された。この訳業を契機として『樹についての対話』が書かれ、前記のようにフランス学士院年報に掲載されたのち、翌年、『エウパリノス』『魂と舞踏』とあわせて普及版として刊行された。『樹についての対話』のみの刊行は、ヴァレリーの書いた『「牧歌」をめぐって』を巻頭に置いたかたちで、一九五六年になされた。

なお、ヴァレリーの翻訳した『牧歌』のうちの冒頭にあるのは「ティティルス」と題されたメリボエウスとティティルスとの対話詩で、そのはじめの二行「おお、ティティルスよ、山毛欅の樹の下にゆったりとくつろいで、きみが森のささやかな歌をきみの横笛に求めているとき」とあるように、この作品の各所に『牧歌』の字句が用いられている。

(2) カールス・ティトゥス・ルクレティウス(前九七頃〜前五五頃)ローマの詩人・哲学者。

(3) ウェルギリウスの『牧歌』に登場する牧人のひとり。

(4) アレクサンドリア期第一の詩人テオクリトスの詩にうたわれた白い肌の人魚。

(5) ルクレティウスが詩のかたちで書いた唯一の著作が『物の本性について』である。

(6) ギリシア神話の曙の女神エオスの子。エジプトにある彼の巨像は日の出に際して音を発して、母に挨拶を送るとされている。

(7) この「ある哲学者」とはヴァレリー自身のこと。彼の評論「神話に関する小書簡」のなかに、「それゆえにこそわたしはある日たまたまこう書いたのです、はじめに神話ありき!」とある。

解　説

ヴァレリー略伝

『エウパリノス』にはヴァレリーの自伝的な側面も含まれているので、まず彼の略歴を書くことからはじめよう。

ポール・ヴァレリーは一八七一年十月三十日、地中海の港町セートに生まれた。のちにみずから語った言葉によれば、「生まれるならそういう場所に生まれたい」というようなところである。十三歳のとき近くのモンペリエ市に一家で転居、一八八八年にはモンペリエ大学に進む。このころから詩を書きはじめ、雑誌に投稿するようになった。未発表分を含めて、二十歳ころまでの作詩は百篇を越える。しかし一八九二年はじめごろから、詩を書くことへの意欲はしだいに失われてゆき、エドガー・ポーの『ユリイカ』読書などを契機に、書くことに、思考のより深められた鍛練を求めるようになった。内的な危機がはじまる。他方で、またちょうどこのころ、彼はモンペリエの街中で、ひとりの年上の夫人の姿に激しく惹かれ、この夫人とは言葉も交わすこともなく、まったくの片思いのまま悶々たる恋情を抱いて、何通も恋文を書きながら一通も発送せずに筐底にしまいこむという、ひたすら混迷に導くだけの内的混乱に陥った。文学の地平での抽象的なものへの志向と、感情の地平での、ひとり合点の報われざる恋情の波乱、――このふたつが激しい自意識過剰の状態をもたらし、十九～二十歳のころのヴァレリーの内面を大きく動揺させていた。その混乱のうちに、伝説的な《ジェノヴァの夜》を迎える。

一八九二年十月、夏の休暇で母方の親戚のあるイタリアのジェノヴァに行っていたヴァレリーは、とある嵐の夜、稲妻の煌めくなかで、ひと晩中まんじりともせずにベッドに腰を下ろし、これまでの生き方を大きく転換させる決断を下した、というのである。後年ヴァレリー自身が書いた短い『自叙伝』という文章のなかで、「ブリュメール十八日」と形容し、「鋭い精神的な苦しみ」「八方ふさがりの絶望感」「異常な啓示にみちた夜々」と書いたこの大いなる内的転換が、本当に一八九二年十月のある嵐の一夜に行われたかどうかは定かではない。《ジェノヴァの夜》をパスカルの内的啓示の《回心の夜》になぞらえることは危険だろう。内的な危機と転生は一八九一年ごろから九四年ごろまで、すこしずつ続けられていった。たぶん神話的な劇的《一夜》などはなく、すこしずつの変身の過程に他ならなかった。しかし、すくなくともヴァレリーは、このころ以後しだいに詩を書くことをやめ、一八九八四年二月にパリのカルチエ・ラタンの小ホテルに定住するようになってからは、彼の生涯の友アンドレ・ジッドの証言によれば、「質素な小さい部屋に、それを一杯にふさぐような大きな黒板を置いて、その上にさまざまな不思議な記号や、私のまったくわからない複雑な方程式や公式を書きつけて」探究をつづけていたという。読む本といえば物理学や数学の本ばかりであり、あとはモンペリエの大学生のころから愛読していたレオナルド・ダ・ヴィンチの「手帖」にならって、さまざまな面におけるみずからの思索を《手帖《カイエ》》に書きつけることが日々の生活となった。やがて彼は、求められて、万能のひとレオナルドが、いかにして「万能の知性」たりえたか、その内的方法を分析しようとするエッセー『序説　レオナルド・ダ・ヴィンチの方法』(一八九五)を発表し、また、ささやかな株の取引でひっそりと暮らしている目立たぬひとりの紳士ムッシュー・テストが、じつは人間の「可塑性」に思いをこらし、「存在する一切をただ自分だけのために変形し、自分のまえに何が差し出されようと、それを手術してしまう」「強靭な頭脳」の持ち主であるという小説『ムッシュー・テストと劇場で』(一八九六)を書いた(これはテストをめぐる彼の他の小説群とともに岩波文庫版『ムッシュー・テスト』に拙訳が収められている)。『序説』と『ムッシュー・テストと劇場で』は、一方は「万能の人」の営為の内面を探り、他方は目立ったことは何もしない株屋を描くというふうに、たがいに正反対の姿を見せるように背中合わせに貼りついて、しかしその核心は強烈な意識によって深められた知性を中心軸としている作品である。これらを書いたのち陸軍省の文官として勤め、《カイエ》の探究に余暇を捧げたが、一九〇〇年に結婚、つづいて陸軍省をはなれ、アヴァス通信社会長のエドゥアール・ルベーの個人秘書となって経済的にも時間的にも比較的ゆとりのある生活に入った。毎朝、早く起きて自分ひとりのための思索を追って《カイエ》に書きとめ、昼間はルベーのもとで個人秘書として、文書を整理したり、もはや半ば病人であったルベーのために新聞記事を整理しながら読んで聞かせたり、ときには株式取引まですする。そういう坦々たる生活が以後一九二〇年ごろまでつづいた。『ムッシュー・テストと劇場で』に熱中した若き日のアンドレ・ブルトンが、一見穏やかなブルジョワ的生活をしているヴァレリーを訪問して、その姿にムッシュー・テストの姿を重ね合わせたのも無理からぬことかもしれない。

詩作からはなれ、もっぱら思念のすべてを《カイエ》に注ぎこんでいたヴァレリーだが、長い年月がそこに揺らぎをもたらす。第一次大戦のはじまったころ、内部に詩の芽ばえのようなものを感じはじめていたヴァレリーは、彼の言葉によれば、大戦の動向に一喜一憂する内部の波乱に抵抗するようにして、詩を書きはじめ、それは長い時間を糧として大きくふくれあがり、一九一七年に長詩『若きパルク』となって結実し、絶讃とともに迎えられた。この詩作をとおして内部の詩の鉱脈に「歌う状態」の訪れたヴァレリーは、つづいて『曙《あけぼの》』をはじめとする、のちに詩集『魅惑《シャルム》』にまとめられる作品をつぎつぎと発表し、ひっそりと暮らしていたムッシュー・テストは、一躍して当代きっての詩人として注目を浴びるようになり、執筆の注文が殺到した。個人的なメモに「それからあとは馬鹿さわぎ」と書いたようなありさまで、一九二〇年ごろからのヴァレリーは、講演とエッセーに忙殺される身となった。またこのころカトリーヌ・ポッジと知り合い、数年間、激しい恋愛関係にあった。一九二七年にはアカデミー・フランセーズ会員となり、また国際連盟主催で何回か催されたシンポジウム《知的協力国際会議》の議長を務めるなど、『若きパルク』の詩人、『ヴァリエテ』の批評家は、まさしくフランスを公的に代表する文学者となった。一九四五年七月二十日、死去。壮麗な国葬をもって遇され、故郷セートの「海辺の墓地」に葬られた。

『エウパリノス』(一九二一)をめぐって

『エウパリノス』のなかで、こうした生涯を生きたヴァレリーを偲ばせるのは、たとえば生まれ故郷のセートを想わせるような、海に突きだし波しぶきをあげる堤防や活潑な港町に繰りひろげられるさまざまな活動と建築風景を語る部分だが、何よりも特に、十八歳のソクラテスが海辺を歩き、足下に「この上なくえたいの知れない物体」を発見したときの、この全体としてきわめて爽やかな対話篇のなかでもっとも抒情的な挿話である。「海底の細かな砂によって奇妙なかたちにすり減らされた魚の骨」か、それとも「何か知れぬ用途のためにつくられた象牙細工」か、何ともわからぬ発見物をめぐって、若きソクラテスはいろいろと思索をめぐらす。「時の所産」と芸術作品とはどうちがうか、自然の作品と人工の作品とはどこがちがうか、そうやって思索を深めてゆくことが若いソクラテスの内部にあった哲学者への道をしだいに強固にさせ、かわって彼の内部にまだ生きづいていた制作者への可能性、あえて言えば建築家の可能性を圧殺してしまう。青く晴れわたり、爽やかな潮風のもとに行われたこの内面の劇は(この挿話にふれて、十五、六歳のころ浜辺で不思議なかたちの貝殻を見つけたのは事実だと、ある手紙に書いているが）、いわば、嵐の《ジェノヴァの夜》に行われた劇の陽画化《ポジティヴ》というふうにも読めるだろう（この挿話がそうであるように、『エウパリノス』が全体として爽やかに明るい語調につらぬかれているのは、これがカトリーヌとの恋愛関係のころに書かれたことと無関係ではあるまい）。

少年のころのヴァレリーにとって建築は情熱の対象だった。彼は十代の終わりのころ建築に熱中し、フランス中世の教会建築についてのヴィオレ・ル・デュックの著作を愛読するほどだった。後年、竪琴を奏で、その楽の音ともに神殿を建設する人物を主人公とする楽劇『アンフィオン』を書いたとき、作品の由来を語った講演のなかで、少年のころの情熱をこんなふうに語っている。

「建築は、若いころわたしの精神の抱いたさまざまな愛情のなかで大きな地位を占めていました。思春期のわたしは建築するという行為を情熱的に想い描いていたのです。わたしの情熱は、かなり精密に本を読み、略図を描き、理論を追うことを糧として燃えあがりました。〔……〕そうやって、無秩序から秩序への移行に他ならず、恣意的なものを用いて必然へと到達する《建設》の観念そのものが、ひとが目標としうるかぎりで、もっとも美しい、もっとも完全な行動の典型として、わたしの脳裏に定着していったのです」

プラトンの対話篇を模倣し、とりわけ『パイドロス』にならってソクラテスが愛弟子パイドロスと冥界で対話を交わすかたちで書かれた『エウパリノス』で、ヴァレリーは、《対話》という柔軟な形式を巧みに使って、論証をソクラテス風にすこしずつ積みあげたり、不意に話を転換したりして、さまざまな話題を論じている。全体の主軸は、「通りがかりの者には優雅な礼拝堂にしか見えない」小神殿が、じつは「幸せな恋をしたコリントスの娘の〔……〕独特な身体の均整《プロポーション》を忠実に再現し」た、「愛情のこもった変身」の仕業に他ならぬような、みごとな建築業績を挙げている建築家エウパリノスの言葉を、パイドロスがソクラテスに紹介するというかたちで、《建築》をめぐってこの師弟が対話を交わすにつれて、哲学者ソクラテスの内部に《建築》への関心がしだいに高まり、話題がさらに《音楽》にまでおよんで、ついにはかつて圧殺した建築家が蘇ってくるという筋道にある。

「沈黙した建築」と「語る建築」と「歌いかける建築」というエウパリノスの分類が、とりわけソクラテスの興味を惹いた。「歌いかける建築」とは、「愛する対象が人びとを動かすように、わたしの神殿は人びとを動かさねばならぬ」と語るエウパリノスの言葉に対応する建築である。《建築》と《音楽》の類縁性もまたここから生まれる。優れた建築がひとを内側に包みこむように、《音楽》は「時間そのものが四方八方から〔こちらを〕取り囲」むようにして「流動し、たえずそれ自体へと更新され再建される建物」であり、逆に「あたり一面にみなぎる〈音楽〉の現存」「汲みつくしがたく産出される魅惑」に等しいものを、内側に包み込まれたひとにもたらすものが《建築》なのである。

自在な対話の触れるいろいろな話題のなかで特に注目すべきもののひとつが、《身体》の問題である。エウパリノスは、設計に専念し、形態を追究するとき、みずからの身体がそこに「参加」しているようだと言う。そして朗々たる口調で《身体》への讃歌を語るのだ。ひたすら意識的であろうとし、知性を偶像としたヴァレリーにとっても《身体》はその営みの基盤をなすきわめて重要な要素だった。働きかける能力としての「精神」、分析を押しすすめる原動力としての知性、何ものかを志向し、またみずからをみずからとして定位させる意識、——それらはすべて《身体》において成立し、ときとして《身体》から離れ出るようにして活動しながら、結局《身体》へと回帰してくる。身体を失った亡霊たちの冥界における対話のなかで《身体》の重要性が強調されるのは一見皮肉なようだが、《建築》も《音楽》もともに身体性を基盤として成立する芸術なのである。

『エウパリノス』は訳注にも記したように、『建築』と題する大判の図録（NRF社、一九二一）に掲載され、一九二三年に『魂と舞踏』とあわせて同じ出版社から単行本として刊行された。のち、『エウパリノス　魂と舞踏　樹についての対話』という合冊普及版が一九四四年ガリマール社から出版された。

『魂と舞踏』（一九二一）をめぐって

『魂と舞踏』のなかで、対話者のひとりパイドロスは、「踊り子たちをじっと見つめていると、〔……〕わたしの魂の現前だけからでは絶対に得られなかったであろうような、さまざまな光明が、わたし自身のうちに見出される」と語っている。ここから、「舞踏」とは、観客の側から言えば、踊る肉体の姿態に注目することによって、みずからの魂に何ごとかが描きこまれる芸術であり、それに対して踊り手の側から言えば、舞踏という運動による肉体と精神の統一において、踊り手自身が内的分裂から超出してみずからの魂と一体化する芸術だと言えるだろう。「魂と舞踏」という標題はそんな意味からつけられたものと推測できる。実際、ソクラテスたちがここで見ている踊りの「エトワール」であるアティクテは、舞台に登場して、はじめは「優雅な足先を伸ばして」ただ円を描いて歩いているだけだが、やがて彼女が真に踊りはじめようとする姿を見てソクラテスは、アティクテについて「閉じた眼に全身で没入し、密やかな内面のまっただなかで、自分の魂とただひとり向き合っている」と言うのである。

ソクラテスをはじめとしてパイドロス、エリュクシマコスの三人は、それぞれに活き活きとした生彩ある言葉で、それこそ舌なめずりするようにして、踊り子たちのとりどりに踊る姿を語るのだが、そういう会話のなかで省察のひとソクラテスは、煌めくように踊るアティクテを見ながら、改めてのように「本当のところ舞踏とは何だろう？」と訊ねる。それに対してまず、冷静な医者エリュクシマコスは、舞踏とは「薔薇を、絡み合う曲線を、運動の星々を、そして魔法の囲いを」描きだすような、眼に見えるままの美しい形象だと答え、ロマンティックな感性のひとパイドロスは、「アプロディテを讃え」「愛を表象している」と言う。そしてソクラテスは、エリュクシマコスのレアリスムとパイドロスのロマンティスムのそれぞれを評価しながら、まず舞踏とは「変身につづく変身という純粋行為」だと規定してから、「病のなかの病、毒のなかの毒、自然というもの全体に敵対する毒液」に他ならぬ「生きることへの倦怠《アンニュイ》」を語りだす。

「束の間に過ぎ去る倦怠ではない、疲労による倦怠ではない、萌芽が見えている倦怠でもないし、限界の知れている倦怠でもない。あの完璧な倦怠、あの純粋な倦怠、〔……〕生それ自体以外にいかなる実質ももたず、生きている人間の明察のほかに第二の原因などのない倦怠〔……〕それ自体として、生がおのれみずからを明晰に見つめるときの、まったき裸形の生に他ならない」ような絶対的な倦怠。

この倦怠はヴァレリー自身の体験するものだろう。そして、このような倦怠に対する根本的な治療法は存在しない。しかし、それに敵対しうるのは「酔い」、「行為に由来する酔い」だとは考えられないだろうか、とソクラテスは言う。こうして、彼は、アティクテの踊る「変身につづく変身という純粋行為」としての踊りこそは、「生きることへの倦怠」に敵対するかたちを示していると言わんばかりなのである。

「火にも比べられるような基本要素のなかで、〔……〕汲みつくしえぬエネルギーを呼吸し、まったく楽々と生きているかのよう」なアティクテの踊り、それは「焔」に他ならぬ。アティクテの「あの生命の昂揚と振動、あの緊張の支配、ひとがみずから獲得しうるかぎりのこの上ない敏捷さにおける、あの恍惚状態は、焔の功徳と力をもっている」。いまあえてヴァレリーの講演『舞踏の哲学』の言葉をいくらか変えながら注釈めいた言葉を言い添えれば、「ふつうの生存の必要を満たすのに必要である以上の精力としなやかさと、関節や筋肉の可能性」をもっている人間が、しかしアティクテのような舞踏の伎倆《わざ》をもって踊りの頂点へと到ろうとするとき、「そういう動作のいくつかの、頻繁な繰り返しや、連続や、振幅の大きさをとおして得られる快楽が、ついには一種の酩酊感にまで到り、その酩酊感はときにきわめて強烈になって、踊り手の力を完全に汲みつくし、踊り手は汲みつくされた極みの一種のエクスタシーに陥ってしまって、踊り手の錯乱、激烈な運動の消費は、ようやく、ぷっつりと断たれる」――ちょうどそのように、アティクテは、さながら「焔」のように激しく踊っていったその終結部で、めくるめくばかりの旋回をつづけて、ばたりと倒れる。それを見て、感性の繊細なパイドロスは思わず「死んでしまった」と叫ぶ。

ほとんどひとを殺しかねないような恍惚、ほとんど個人を溶解してしまうような感覚、この上なくつよく滲みでてくる官能性、――アティクテの踊りは、ディオニュソス的であり、あえて言えばヴァグナーの《イゾルデの愛の死》のアリアに近い。ニーチェならばそこにアイスキュロス的なパトスの響きを聴きとるだろう。しかし、イゾルデとちがって、アティクテは死にはしない。小さな乳房を弱々しく脈うたせて、「何ていい気持」とつぶやくのだ。

「あたしの避難所、おお、〈渦巻〉！――あたしはおまえのなかにいた、おお、動きよ、あたしはありとあらゆるものの外にいた……」、この幕切れのアティクテの台詞の意味するところは捉えにくい。舞踏の極限において意識はまさしく身体の踊りそのものと化し、そしてそういう身体のもたらした肉体と精神との融合において、自分は《魂》そのもののなかにいた、とでもいうのだろうか。ヴァレリーはこの『魂と舞踏』を書くために、訳注に挙げた二篇の『饗宴』の他に、古代ギリシア舞踏についてのいくつかの研究書を参考にしたようだが、また古代ギリシア彫刻や古代ギリシアの壺に描かれた踊る女の絵などからもヒントを得たらしい。古代ギリシアの踊り子たちは、裸足《はだし》で、ヴェールのような薄い寛衣《チュニック》をまとって踊ったようであり、伴奏音楽は横笛と弦琴《キタラ》とシンバルだけである。なお、「舞踏」と訳した原語は“danse”「ダンス」である。ヴァレリーのエッセー『ドガ・ダンス・デッサン』を他の出版社からこの標題で刊行した訳者としては、この作品にも「魂とダンス」という訳題をあたえてもよかったわけだが、何だかすわりが悪いので、これまで行われている訳題「魂と舞踏」にした。また辞書によれば同義語の「舞踊」は主として日本風の踊りについて用いられ、「舞踏」は西洋風のそれについて用いられるとのことである。

書誌に触れれば、『魂と舞踏』は、はじめ『ルヴュー・ミュジカル』誌一九二一年十二月の「十九世紀のバレエ」特集号に発表された(『魂と舞踏』が、ソクラテスの見る舞踏を語りながら、その多くがモダン・バレエに近いのも、この注文に応じたものだろう)。単行本としては『エウパリノス』の項で記した『エウパリノス』との合冊本(一九二三)が最初であり、のち対話篇三篇の合冊普及版が一九四四年に刊行された。

『樹についての対話』(一九四四)をめぐって

晩年の短い作品である『樹についての対話』については、あまり語ることはない。樹をめぐってルクレティウスと牧人ティティルスとがあれこれと閑談を交わし、〈樹〉を讃えるなかに、たとえば「暗闇のただなか」にある「涙の泉」「言語を絶したもの」がひそむという、ヴァレリーの最後の作品『天使』のなかでも触れられている主題、「完璧な知性」「あらゆるものを貫通する透明力」だと自任する「天使」が、泉に映ったみずからの顔が涙に濡れているのを発見して驚く一節に対応する言葉が語られたりしているところに、晩年のヴァレリーの感慨を見ることもできるのかもしれない。しかし、全体をつらぬくのはあくまで〈樹〉である。ヴァレリーは黒い大地にしっかりと根を張って、青空のほうに向かって亭々とそびえ、伸びてゆく樹を愛しており、詩集『魅惑』のなかでも『篠懸《プラタナス》に』という詩でそのような樹を歌っているということを言い添えておこう。

翻訳の底本としては普及版の『エウパリノス　魂と舞踏　樹についての対話』(Paul Valéry : *EUPALINOS　L'AME ET LA DANSE　DIALOGUE DE L'ARBRE*, Gallimard, 1944) により、『エウパリノス』『魂と舞踏』については『著作集』版 (Paul Valéry : *ŒUVRES A*, éd. du Sagittaire, 1931) を参照した。これら三つの作品については、伊吹武彦、佐藤昭夫、松浦寿輝、佐藤正彰の諸氏による、それぞれに特徴のあるすぐれた翻訳があり、それらを大いに参考にさせていただいた。

刊行にあたって、岩波文庫編集部の小口未散さんに前回の『ムッシュー・テスト』と同様にお世話になったことを感謝する。

二〇〇八年五月

清水　徹

エウパリノス・魂《たましい》と舞踏《ぶとう》・樹《き》についての対話《たいわ》
ポール・ヴァレリー作

2008年6月17日　第1刷発行
2023年5月25日　第3刷発行

訳　者　清《し》水《みず》　徹《とおる》

発行者　坂本政謙

発行所　株式会社　岩波書店
〒101-8002 東京都千代田区一ツ橋2-5-5

案内 03-5210-4000　営業部 03-5210-4111
文庫編集部 03-5210-4051
https://www.iwanami.co.jp/

印刷・三秀舎　カバー・精興社　製本・中永製本

ISBN 978-4-00-325604-6　　Printed in Japan

読書子に寄す

――岩波文庫発刊に際して――

岩波茂雄

真理は万人によって求められることを自ら欲し、芸術は万人によって愛されることを自ら望む。かつては民を愚昧ならしめるために学芸が最も狭き堂宇に閉鎖されたことがあった。今や知識と美とを特権階級の独占より奪い返すことはつねに進取的なる民衆の切実なる要求である。岩波文庫はこの要求に応じそれに励まされて生まれた。それは生命ある不朽の書を少数者の書斎と研究室とより解放して街頭にくまなく立たしめ民衆に伍せしめるであろう。近時大量生産予約出版の流行を見る。その広告宣伝の狂態はしばらくおくも、後代にのこすと誇称する全集がその編集に万全の用意をなしたるか。千古の典籍の翻訳企図に敬虔の態度を欠かざりしか。さらに分売を許さず読者を繋縛して数十冊を強うるがごとき、はたしてその揚言する学芸解放のゆえんなりや。吾人は天下の名士の声に和してこれを推挙するに躊躇するものである。このときにあたって、岩波書店は自己の責務のいよいよ重大なるを思い、従来の方針の徹底を期するため、すでに十数年以前より志して来た計画を慎重審議この際断然実行することにした。吾人は範をかのレクラム文庫にとり、古今東西にわたって文芸・哲学・社会科学・自然科学等種類のいかんを問わず、いやしくも万人の必読すべき真に古典的価値ある書をきわめて簡易なる形式において逐次刊行し、あらゆる人間に須要なる生活向上の資料、生活批判の原理を提供せんと欲する。この文庫は予約出版の方法を排したるがゆえに、読者は自己の欲する時に自己の欲する書物を各個に自由に選択することができる。携帯に便にして価格の低きを最主とするがゆえに、外観を顧みざるも内容に至っては厳選最も力を尽くし、従来の岩波出版物の特色をますます発揮せしめようとする。この計画たるや世間の一時の投機的なるものと異なり、永遠の事業として吾人は微力を傾倒し、あらゆる犠牲を忍んで今後永久に継続発展せしめ、もって文庫の使命を遺憾なく果たさしめることを期する。芸術を愛し知識を求むる士の自ら進んでこの挙に参加し、希望と忠言とを寄せられることは吾人の熱望するところである。その性質上経済的には最も困難多きこの事業にあえて当たらんとする吾人の志を諒として、その達成のため世の読書子とのうるわしき共同を期待する。

昭和二年七月

《ドイツ文学》〔赤〕

ニーベルンゲンの歌 全二冊　相良守峯訳
若きウェルテルの悩み　ゲーテ　竹山道雄訳
ヴィルヘルム・マイスターの修業時代 全三冊　ゲーテ　山崎章甫訳
イタリア紀行 全三冊　ゲーテ　相良守峯訳
ファウスト 全二冊　ゲーテ　相良守峯訳
ゲーテとの対話 全三冊　エッカーマン　山下肇訳
スペインの太子 ドン・カルロス　シルレル　佐藤通次訳
改訳 オルレアンの少女　シルレル　佐藤通次訳
ヒュペーリオン ―希臘の世捨人　ヘルデルリーン　渡辺格司訳
青い花　ノヴァーリス　青山隆夫訳
夜の讃歌・サイスの弟子たち 他一篇　ノヴァーリス　今泉文子訳
完訳 グリム童話集 全五冊　金田鬼一訳
黄金の壺　ホフマン　神品芳夫訳
ホフマン短篇集　池内紀編訳
O侯爵夫人 他六篇　クライスト　相良守峯訳
影をなくした男　シャミッソー　池内紀訳

流刑の神々・精霊物語　ハイネ　小沢俊夫訳
冬物語 ―ドイツ　ハイネ　井汲越次訳
芸術と革命 他四篇　ワーグナー　北村義男訳
ブリギッタ・森の泉 他一篇　シュティフター　宇多五郎・高安国世訳
みずうみ 他四篇　シュトルム　関泰祐訳
村のロメオとユリア　ケラー　草間平作訳
沈鐘　ハウプトマン　阿部六郎訳
地霊・パンドラの箱 ルル二部作　F・ヴェデキント　岩淵達治訳
春のめざめ　F・ヴェデキント　酒寄進一訳
花・死人に口なし 他七篇　シュニッツラー　番匠谷英一・山本有三訳
ゲオルゲ詩集　手塚富雄訳
リルケ詩集　高安国世訳
ドゥイノの悲歌　リルケ　手塚富雄訳
ブッデンブローク家の人びと 全三冊　トーマス・マン　望月市恵訳
トオマス・マン短篇集　実吉捷郎訳
魔の山 全二冊　トーマス・マン　関泰祐・望月市恵訳
トニオ・クレエゲル　トオマス・マン　実吉捷郎訳

ヴェニスに死す　トオマス・マン　実吉捷郎訳
車輪の下　ヘルマン・ヘッセ　実吉捷郎訳
青春はうるわし 他三篇　ヘッセ　関泰祐訳
漂泊の魂《クヌルプ》　ヘルマン・ヘッセ　相良守峯訳
デミアン　ヘルマン・ヘッセ　実吉捷郎訳
シッダルタ　ヘッセ　手塚富雄訳
ルーマニア日記　カロッサ　高橋健二訳
幼年時代　カロッサ　斎藤栄治訳
指導と信従　カロッサ　国松孝二訳
ジョゼフ・フーシェ ―ある政治的人間の肖像　シュテファン・ツワイク　高橋禎二・秋山英夫訳
変身・断食芸人　カフカ　山下肇・山下萬里訳
審判　カフカ　辻瑆訳
カフカ短篇集　池内紀編訳
カフカ寓話集　池内紀編訳
三文オペラ　ブレヒト　岩淵達治訳
ドイツ炉辺ばなし集 ―カレンダーゲシヒテン　ヘーベル　木下康光編訳
悪童物語　ルウドヰヒ・トオマ　実吉捷郎訳

ウィーン世紀末文学選　池内紀編訳
ティル・オイレンシュピーゲルの愉快ないたずら　阿部謹也訳
チャンドス卿の手紙 他十篇　ホフマンスタール／檜山哲彦訳
ホフマンスタール詩集　川村二郎訳
インド紀行 全二冊　ボンゼルス／実吉捷郎訳
ドイツ名詩選　生野幸吉・檜山哲彦編
聖なる酔っぱらいの伝説 他四篇　ヨーゼフ・ロート／池内紀訳
ラデツキー行進曲 全二冊　ヨーゼフ・ロート／平田達治訳
暴力批判論 他十篇 ―ベンヤミンの仕事1　ベンヤミン／野村修編訳
ボードレール 他五篇 ―ベンヤミンの仕事2　ベンヤミン／野村修編訳
パサージュ論 全五冊　ヴァルター・ベンヤミン／今村仁司・三島憲一・大貫敦子・高橋順一・塚原史・細見和之・村岡晋一・山本尤・横張誠・與謝野文子・吉村和明訳
ジャクリーヌと日本人　ヤーコプ／相良守峯訳
ヴォイツェク ダントンの死 レンツ　ビューヒナー／岩淵達治訳
人生処方詩集　エーリヒ・ケストナー／小松太郎訳
第七の十字架 全二冊　アンナ・ゼーガース／山下肇・新村浩訳

《フランス文学》〔赤〕

ラブレー第一之書 ガルガンチュワ物語　渡辺一夫訳
ラブレー第二之書 パンタグリュエル物語　渡辺一夫訳
ラブレー第三之書 パンタグリュエル物語　渡辺一夫訳
ラブレー第四之書 パンタグリュエル物語　渡辺一夫訳
ラブレー第五之書 パンタグリュエル物語　渡辺一夫訳
ピエール・パトラン先生　渡辺一夫訳
ロンサール詩集　ロンサール／井上究一郎訳
エセー 全六冊　モンテーニュ／原二郎訳
ラ・ロシュフコー箴言集　二宮フサ訳
ブリタニキュス ベレニス　ラシーヌ／渡辺守章訳
ドン・ジュアン ―石像の宴　モリエール／鈴木力衛訳
いやいやながら医者にされ　モリエール／鈴木力衛訳
守銭奴　モリエール／鈴木力衛訳
完訳 ペロー童話集　新倉朗子訳
ラ・フォンテーヌ 寓話 全二冊　ラ・フォンテーヌ／今野一雄訳
カンディード 他五篇　ヴォルテール／植田祐次訳

ルイ十四世の世紀 全四冊　ヴォルテール／丸山熊雄訳
美味礼讃 全二冊　ブリアーサヴァラン／関根秀雄・戸部松実訳
アドルフ　コンスタン／大塚幸男訳
近代人の自由と古代人の自由・征服の精神と簒奪 他一篇　コンスタン／堤林剣・堤林恵訳
恋愛論 全二冊　スタンダール／杉本圭子訳
赤と黒 全二冊　スタンダール／桑原武夫・生島遼一訳
ゴプセック・毬打つ猫の店　バルザック／芳川泰久訳
艶笑滑稽譚 全三冊　バルザック／石井晴一訳
レ・ミゼラブル 全四冊　ユーゴー／豊島与志雄訳
ライン河幻想紀行　ユーゴー／榊原晃三編訳
ノートル＝ダム・ド・パリ 全二冊　ユーゴー／辻昶・松下和則訳
モンテ・クリスト伯 全七冊　アレクサンドル・デュマ／山内義雄訳
三銃士 全二冊　デュマ／生島遼一訳
エトルリヤの壺 他五篇　メリメ／杉捷夫訳
カルメン　メリメ／杉捷夫訳
愛の妖精（プチット・ファデット）　ジョルジュ・サンド／宮崎嶺雄訳
ボオドレール 悪の華　鈴木信太郎訳

ボヴァリー夫人 全二冊 フローベール 伊吹武彦訳
感情教育 全二冊 フローベール 生島遼一訳
紋切型辞典 フローベール 小倉孝誠訳
サラムボー 全二冊 フローベール 中條屋進訳
未来のイヴ 全二冊 ヴィリエ・ド・リラダン 渡辺一夫訳
風車小屋だより ドーデー 桜田佐訳
サフォ パリ風俗 ドーデー 朝倉季雄訳
プチ・ショーズ ―ある少年の物語 ドーデー 原千代海訳
少年少女 アナトール・フランス 三好達治訳
テレーズ・ラカン 全二冊 エミール・ゾラ 小林正訳
ジェルミナール 全三冊 エミール・ゾラ 安士正夫訳
獣人 全二冊 エミール・ゾラ 川口篤訳
氷島の漁夫 ピエール・ロチ 吉氷清訳
マラルメ詩集 渡辺守章訳
脂肪のかたまり モーパッサン 高山鉄男訳
メゾンテリエ 他三篇 モーパッサン 河盛好蔵訳
モーパッサン短篇選 高山鉄男編訳

わたしたちの心 モーパッサン 笠間直穂子訳
地獄の季節 ランボオ 小林秀雄訳
対訳 ランボー詩集 ―フランス詩人選(1) 中地義和編
にんじん ルナアル 岸田国士訳
ぶどう畑のぶどう作り ルナアル 岸田国士訳
ジャン・クリストフ 全四冊 ロマン・ローラン 豊島与志雄訳
トルストイの生涯 ロマン・ロラン 蛯原徳夫訳
ベートーヴェンの生涯 ロマン・ロラン 片山敏彦訳
フランシス・ジャム詩集 手塚伸一訳
三人の乙女たち フランシス・ジャム 手塚伸一訳
狭き門 アンドレ・ジイド 川口篤訳
法王庁の抜け穴 アンドレ・ジイド 石川淳訳
精神の危機 他十五篇 ポール・ヴァレリー 恒川邦夫訳
ドガ ダンス デッサン ポール・ヴァレリー 塚本昌則訳
シラノ・ド・ベルジュラック ロスタン 辰野隆 鈴木信太郎訳
地底旅行 ジュール・ヴェルヌ 朝比奈弘治訳
八十日間世界一周 ジュール・ヴェルヌ 鈴木啓二訳

海底二万里 全二冊 ジュール・ヴェルヌ 朝比奈美知子訳
死霊の恋・ポンペイ夜話 他三篇 ゴーチエ 田辺貞之助訳
火の娘たち ネルヴァル 野崎歓訳
パリの夜 ―革命下の民衆 レチフ・ド・ラ・ブルトンヌ 植田祐次編訳
牝猫(めすねこ) コレット 工藤庸子訳
シェリ コレット 工藤庸子訳
シェリの最後 コレット 工藤庸子訳
生きている過去 レニエ 窪田般彌訳
ノディエ幻想短篇集 ノディエ 篠田知和基編訳
フランス短篇傑作選 山田稔編訳
シュルレアリスム宣言・溶ける魚 アンドレ・ブルトン 巖谷國士訳
ナジャ アンドレ・ブルトン 巖谷國士訳
ジュスチーヌまたは美徳の不幸 サド 植田祐次訳
とどめの一撃 ユルスナール 岩崎力訳
フランス名詩選 安藤元雄 入沢康夫 渋沢孝輔編
繻子の靴 全二冊 ポール・クローデル 渡辺守章訳
A・O・バルナブース全集 全二冊 ヴァレリー・ラルボー 岩崎力訳

心変わり　ミシェル・ビュトール　清水徹訳
悪魔祓い　ル・クレジオ　高山鉄男訳
楽しみと日々　プルースト　岩崎力訳
失われた時を求めて　全十四冊　プルースト　吉川一義訳
子ども　全二冊　ジュール・ヴァレス　朝比奈弘治訳
シルトの岸辺　ジュリアン・グラック　安藤元雄訳
星の王子さま　サン＝テグジュペリ　内藤濯訳
プレヴェール詩集　小笠原豊樹訳
ペスト　カミュ　三野博司訳

《別冊》

増補 フランス文学案内　渡辺一夫　鈴木力衛
増補 ドイツ文学案内　手塚富雄　神品芳夫
ことばの花束 —岩波文庫の名句365　岩波文庫編集部編
ことばの贈物 —岩波文庫の名句365　岩波文庫編集部編
愛のことば —岩波文庫から—　岩波文庫編集部編
世界文学のすすめ　大岡信　奥本大三郎　川村二郎　小池滋　沼野充義編

近代日本文学のすすめ　大岡信　加賀乙彦　菅野昭正　曾根博義　十川信介編
近代日本思想案内　鹿野政直
近代日本文学案内　十川信介
ポケットアンソロジー この愛のゆくえ　中村邦生編
スペイン文学案内　佐竹謙一
一日一文 英知のことば　木田元編
声でたのしむ 美しい日本の詩　大岡信　谷川俊太郎編

《東洋文学》〔赤〕

楚辞　小南一郎訳注
杜甫詩選　黒川洋一編
李白詩選　松浦友久編訳
唐詩選　全三冊　前野直彬注解
完訳 三国志　全八冊　小川環樹・金田純一郎訳
西遊記　全十冊　中野美代子訳
菜根譚　洪自誠　今井宇三郎訳注
浮生六記 ―浮生夢のごとし　沈復　松枝茂夫訳
阿Q正伝・狂人日記 他十二篇（吶喊）　魯迅　竹内好訳
魯迅評論集　竹内好編訳
家　全二冊　巴金　飯塚朗訳
新編 中国名詩選　全三冊　川合康三編訳
遊仙窟　張文成　今村与志雄訳
唐宋伝奇集　全二冊　今村与志雄訳
聊斎志異　全二冊　蒲松齢　立間祥介編訳
白楽天詩選　全二冊　川合康三訳注
文選　全六冊　川合康三・富永一登・釜谷武志・和田英信・浅見洋二・緑川英樹 訳注
曹操・曹丕・曹植詩文選　川合康三編訳
ケサル王物語 ―チベットの英雄叙事詩　アレクサンドラ・ダヴィッド＝ネール　アプル・ユンテン　富樫瓔子訳
バガヴァッド・ギーター　上村勝彦訳
朝鮮民謡選　金素雲訳編
尹東柱詩集 空と風と星と詩　金時鐘編訳
アイヌ神謡集　知里幸惠編訳
アイヌ民譚集 付 えぞおばけ列伝　知里真志保編訳

《ギリシア・ラテン文学》〔赤〕

ホメロス イリアス　全二冊　松平千秋訳
ホメロス オデュッセイア　全二冊　松平千秋訳
イソップ寓話集　中務哲郎訳
アイスキュロス アガメムノーン　久保正彰訳
アイスキュロス 縛られたプロメーテウス　呉茂一訳
アンティゴネー　ソポクレース　中務哲郎訳
ソポクレス オイディプス王　藤沢令夫訳
ソポクレス コロノスのオイディプス　ソポクレス　高津春繁訳
バッカイ ―バッコスに憑かれた女たち　エウリーピデース　逸身喜一郎訳
ヘシオドス 神統記　廣川洋一訳
ヘーシオドス 仕事と日　松平千秋訳
女の議会　アリストパネース　村川堅太郎訳
アポロドーロス ギリシア神話　高津春繁訳
ギリシア・ローマ抒情詩選 ―花冠　呉茂一訳
黄金の驢馬　アープレーイユス　呉茂一・国原吉之助訳
オウィディウス 変身物語　全二冊　中村善也訳
ギリシア・ローマ神話 付 インド・北欧神話　ブルフィンチ　野上弥生子訳
ギリシア・ローマ名言集　柳沼重剛編
ローマ諷刺詩集　ペルシウス　ユウェナーリス　国原吉之助訳

《南北ヨーロッパ他文学》〈赤〉

ダンテ 新生　山川丙三郎訳
珈琲店・恋人たち　ゴルドーニ　平川祐弘訳
夢のなかの夢　タブッキ　和田忠彦訳
カヴァレリーア・ルスティカーナ 他十一篇　G・ヴェルガ　河島英昭訳
カルヴィーノ イタリア民話集 全二冊　河島英昭編訳
むずかしい愛　カルヴィーノ　和田忠彦訳
パロマー　カルヴィーノ　和田忠彦訳
カルヴィーノ アメリカ講義 ―新たな千年紀のための六つのメモ　米川良夫・和田忠彦訳
まっぷたつの子爵　カルヴィーノ　河島英昭訳
魔法の庭・空を見上げる部族 他十四篇　カルヴィーノ　和田忠彦訳
ペトラルカ ルネサンス書簡集　近藤恒一編訳
ペトラルカ 無知について　近藤恒一訳
美しい夏　パヴェーゼ　河島英昭訳
流刑　パヴェーゼ　河島英昭訳
祭の夜　パヴェーゼ　河島英昭訳
月と篝火　パヴェーゼ　河島英昭訳

休戦　プリーモ・レーヴィ　竹山博英訳
ウンベルト・エーコ 小説の森散策　和田忠彦訳
バウドリーノ 全二冊　ウンベルト・エーコ　堤康徳訳
タタール人の砂漠　ブッツァーティ　脇功訳
七人の使者・神を見た犬 他十三篇　ブッツァーティ　脇功訳
ラサリーリョ・デ・トルメスの生涯　会田由訳
ドン・キホーテ 前篇 全三冊　セルバンテス　牛島信明訳
ドン・キホーテ 後篇 全三冊　セルバンテス　牛島信明訳
娘たちの空返事 他一篇　モラティン　佐竹謙一訳
プラテーロとわたし　J・R・ヒメーネス　長南実訳
オルメードの騎士　ロペ・デ・ベガ　長南実訳
セビーリャの色事師と石の招客 他一篇　ティルソ・デ・モリーナ　佐竹謙一訳
ティラン・ロ・ブラン 全四冊　J・マルトゥレイ M・J・ダ・ガルバ　田澤耕訳
ダイヤモンド広場　マルセー・ルドゥレダ　田澤耕訳
完訳 アンデルセン童話集 全七冊　大畑末吉訳
即興詩人 全二冊　アンデルセン　大畑末吉訳
アンデルセン自伝　大畑末吉訳

ここに薔薇ありせば 他五篇　ヤコブセン　矢崎源九郎訳
フィンランド叙事詩 カレワラ 全二冊　リョンロット編　小泉保訳
王の没落　イェンセン　長島要一訳
イプセン 人形の家　原千代海訳
イプセン 野鴨　原千代海訳
令嬢ユリェ　ストリントベルク　茅野蕭々訳
ポルトガリヤの皇帝さん　ラーゲルレーヴ　イシガオサム訳
アミエルの日記 全四冊　河野与一訳
クオ・ワディス 全三冊　シェンキェーヴィチ　木村彰一訳
山椒魚戦争　カレル・チャペック　栗栖継訳
ロボット（R・U・R）　チャペック　千野栄一訳
白い病　カレル・チャペック　阿部賢一訳
灰とダイヤモンド 全二冊　アンジェイェフスキ　川上洸訳
牛乳屋テヴィエ　ショレム・アレイヘム　西成彦訳
完訳 千一夜物語 全十三冊　豊島与志雄・渡辺一夫・佐藤正彰・岡部正孝訳
ルバイヤート　オマル・ハイヤーム　小川亮作訳
ゴレスターン　サァディー　沢英三訳

- アブー・ヌワース アラブ飲酒詩選　塙治夫編訳
- 王書 ―古代ペルシャの神話・伝説　フェルドウスィー　岡田恵美子訳
- 中世騎士物語　ブルフィンチ　野上弥生子訳
- コルタサル短篇集 悪魔の涎・追い求める男 他八篇　木村榮一訳
- 遊戯の終わり　コルタサル　木村榮一訳
- 秘密の武器　コルタサル　木村榮一訳
- ペドロ・パラモ　ファン・ルルフォ　杉山晃・増田義郎訳
- 燃える平原　ファン・ルルフォ　杉山晃訳
- 伝奇集　J・L・ボルヘス　鼓直訳
- 創造者　J・L・ボルヘス　鼓直訳
- 続審問　J・L・ボルヘス　中村健二訳
- 七つの夜　J・L・ボルヘス　野谷文昭訳
- 詩という仕事について　J・L・ボルヘス　鼓直訳
- 汚辱の世界史　J・L・ボルヘス　中村健二訳
- ブロディーの報告書　J・L・ボルヘス　鼓直訳
- アレフ　J・L・ボルヘス　鼓直訳
- 語るボルヘス ―書物・不死性・時間ほか　J・L・ボルヘス　木村榮一訳

- 20世紀ラテンアメリカ短篇選　野谷文昭編訳
- フエンテス短篇集 アウラ・純な魂 他四篇　木村榮一訳
- アルテミオ・クルスの死　フエンテス　木村榮一訳
- グアテマラ伝説集　M・A・アストゥリアス　牛島信明訳
- 緑の家 全二冊　バルガス＝リョサ　木村榮一訳
- 密林の語り部　バルガス＝リョサ　西村英一郎訳
- ラ・カテドラルでの対話　バルガス＝リョサ　旦敬介訳
- 弓と竪琴　オクタビオ・パス　牛島信明訳
- 失われた足跡　カルペンティエル　牛島信明訳
- ラテンアメリカ民話集　三原幸久編訳
- やし酒飲み　エイモス・チュツオーラ　土屋哲訳
- 薬草まじない　エイモス・チュツオーラ　土屋哲訳
- マイケル・K　J・M・クッツェー　くぼたのぞみ訳
- ミゲル・ストリート　V・S・ナイポール　小沢自然・小野正嗣訳
- キリストはエボリで止まった　カルロ・レーヴィ　竹山博英訳
- クァジーモド全詩集　河島英昭訳
- ウンガレッティ全詩集　河島英昭訳

- クオーレ　デ・アミーチス　和田忠彦訳
- ゼーノの意識 全二冊　ズヴェーヴォ　堤康徳訳
- 冗談　ミラン・クンデラ　西永良成訳
- 小説の技法　ミラン・クンデラ　西永良成訳
- 世界イディッシュ短篇選　西成彦編訳

《ロシア文学》〔赤〕

オネーギン　プーシキン　池田健太郎訳
スペードの女王・ベールキン物語　プーシキン　神西清訳
外套・鼻　ゴーゴリ　平井肇訳
日本渡航記　—フレガート「パルラダ」号より　ゴンチャロフ　井上満訳
ルージン　ツルゲーネフ　中村融訳
貧しき人々　ドストイェフスキイ　原久一郎訳
二重人格　ドストエフスキー　小沼文彦訳
罪と罰　全三冊　ドストエフスキー　江川卓訳
白痴　全二冊　ドストエーフスキイ　米川正夫訳
カラマーゾフの兄弟　全四冊　ドストエーフスキイ　米川正夫訳
アンナ・カレーニナ　全三冊　トルストイ　中村融訳
幼年時代　トルストイ　藤沼貴訳
戦争と平和　全六冊　トルストイ　藤沼貴訳
トルストイ民話集　人はなんで生きるか　他四篇　中村白葉訳
トルストイ民話集　イワンのばか　他八篇　中村白葉訳
イワン・イリッチの死　トルストイ　米川正夫訳

復活　全二冊　トルストイ　藤沼貴訳
人生論　トルストイ　中村融訳
かもめ　チェーホフ　浦雅春訳
ワーニャおじさん　チェーホフ　小野理子訳
桜の園　チェーホフ　小野理子訳
チェーホフ妻への手紙　全二冊　湯浅芳子訳
ゴーリキー短篇集　上田進　横田瑞穂訳編
どん底　ゴーリキイ　中村白葉訳
かくれんぼ・毒の園　他五篇　ソログープ　中山省三郎　昇曙夢訳
アファナーシエフロシア民話集　全二冊　中村喜和編訳
われら　ザミャーチン　川端香男里訳
悪魔物語・運命の卵　ブルガーコフ　水野忠夫訳
巨匠とマルガリータ　全二冊　ブルガーコフ　水野忠夫訳